43歳当時のジョン・アップダイク　1975年4月7日井上謙治氏撮影・提供

February 18, 2002

Dear Professor Suzue:

Thank you for the kind attention you have paid to my works. It was touching for me to see the photograph that Mr. Inoue took in 1975; evidently I came to Japan very much needing a haircut. I have been twice to Japan; the first time for four days after a literary conference in Korea. I went to a kabuki play in Tokyo and the Osaka World Fair and participated in a panel discussion with Mr. Oe, who has since become a Nobel Laureate. The second time, in the year 2000, I came with my wife as a tourist and we enjoyed two weeks of sights and bus rides. On both occasions I was impressed by the way in which dynamic modern Japan yet manages to enclose within its flow of energy pockets of peace and precariously achieved beauty. An artist cannot be quite the same after visiting a country in which every aspect of life is subject to aesthetic principles. I have long been gratified by having a Japanese publisher -- Shinchosha for most of the books -- and receiving in the mail from time to time exquisite little volumes, with sewn-in bookmarks, filled with delicate characters representing my own words on the opposite side of the world. And now I am honored by the existence of your scholarly work.

Gratefully,

John Updike

John Updike
675 Hale Street
Beverly Farms, MA 01915

ジョン・アップダイク研究

――初期作品を中心に――

鈴江璋子　著

開文社出版

ジョン・アップダイク研究　―初期作品を中心に―　＊目次

第一章
『ケンタウロス』——父と子という表象　1
第二章
『走れウサギ』——背後にひそむもの　33
第三章
『帰ってきたウサギ』——どこに帰ってきたのか　63
第四章
『農場』——母のありか　101
第五章
『老人ホームのフェスタ』——人間の環　137
第六章
結び——九・一一事件以後のアップダイク　165

注　174
あとがき　183
日本におけるアップダイク文献　200
ジョン・アップダイク関連文献　216
書誌　227
著作　227
年譜　255
索引　260

第一章

『ケンタウロス』――父と子という表象

1

ジョン・アップダイクは自伝的要素をフィクションの中に紡ぎ込む作家である。特に初期の長編四作『老人ホームのフェスタ』（一九五九）『走れウサギ』（一九六〇）『ケンタウロス』（一九六三）『農場』（一九六五）は祖父、父、母、彼自身を素材にして形造られた家族の肖像四作であり、アメリカの北東部にある田舎町のふつうの家庭で、文学を志す少年がどのようにして育つかを語る重要な作品群である。中期、後期の作品において繰り返されるアップダイクの家族の秘儀は、ほとんどこの照応する四作の中にその兆しを見ることができる。

長編第一作『老人ホームのフェスタ』によって着実な成功を収めたアップダイクの第二作『走れウサギ』は、作家の予想を超える反響を呼んだ。このために連作として『帰ってきたウサギ』（一九七一）が書かれることになり、以後『金持ちになったウサギ』（一九八一）『さようならウサギ』（一九九〇）と、ほぼ十年ごとにウサギ、ことハリー・アングストロームの近況を伝える作品群が書かれて、作品世界がアップダイクの作家としての方向付けをする役割を果たし、いわゆるウサギ四部作という大作品群が完成したのである。アップダイク自身も四部作という構造に興味を持ち、四作を纏めた『ラビット・アングストローム――四部作』（一九九五）も完成した。現代アメリカ庶民の生活を語り、現代という把握困難な時代そのものを描くという野心的な作業は、アップダイクのように作家生命の長い作家にのみ許される仕事であり、容易に他の作家の追随を許さない、まさにアップダイクにしかできない著業である。彼自身は「このウサギ四部作の根底には、有用な真実は完全な芸術的服従によって心に刻みつけられるのであるという宗教的信念がある」[1]と語っている。

しかしアップダイク自身の言葉によると当初『走れウサギ』に続編を書く構想は全くなくて、むしろ相互補完的なもうひとつの中編『ケンタウロス』と合わせて一巻とするという文学的野心があったのだ、という。そうすることによって「走ることと孜々として歩むこと、ウサギと馬、本能を充足させる生き方と義務の観念によって自己を犠牲にする生き方、という二極を示す」つもりだったのである。[2]つまりジグザグ型に走る衝動的な動物と禁欲的に黙々と歩む獣を対比させることによって、なにか異質なものの存在を意味づける大きな思索の存在を考えようとしたのであろう。いま、ウサギの三十年間という時系列的研究をしばらく措き、アップダイクの最初の構想に従って、ややずれて置いた鏡面を見るように『ケンタウロス』を『走れウサギ』の対照面に、さらに初期作品群の中心に置いて、作家の芸術世界を考究していきたい。手がかりは「作家の責務の精髄とは、異質な事物の間にある関連を知覚することだ、というプルーストの言葉がついに分かったように思う[3]」という彼の言葉である。

2

『ケンタウロス』はアップダイクの「若い芸術家の肖像」である。アップダイクは自分の父ウェスリー[4]をモデルとして主人公ジョージ・コールドウェルを造形し、アップダイク自身をモデルとして息子ピーターを造形して、副主人公および、観察者としての役割を振り当てた。母リンダ、母方の祖父ジョン・F・ホイヤーも[5]、それぞれピーターの母キャサリン、祖父クレイマーとして登場する。後の『オリンガー・ストーリーズ』(1964)、『カップルズ』(1968)、*My Father on the Verge of Disgrace* (2000) などにおいて繰り返されるエピソードを含む点においても、この作品はジャック・ド・ベリスの言葉を借りると「アップダイクの最もパーソナルで最も実験的な小説」[6]であり、以後の長い創作活動の原点をなすものである。そして「最もパーソナル」という表現の中の一つに、この作品は彼の最初の妻メアリーが持っていた古い本にアップダイクが触発されたのだという事実を記憶しておきたい。

　小説が「最もパーソナル」であるのは、これがアップダイク自身の成長物語だからである。そして最も実験的というのは小説全体をギリシア神話に重ね、同じ叙述のレヴェルの中に現実のアメリカと、ギリシア神話を混ぜ込む形を取っているからである。舞台としてアップダイクは、彼自身が生まれ育った故郷ペンシルヴェニア州東南部の町シリングトンを選び、これにオリンガーという名を与えて、古代ギリシアの神々の住むオリンパスになぞらえた。アップダイクの父ウェスリー・アップダイクすなわちジョージ・コールドウェルには半人半馬のケンタウロス・ケイロンの姿が与えられ、アップダイク自身すなわちピーターは、ケイロンに不死の生命を譲られるプロメテウスとして造形されている。その他ヴィーナス、カリクロ、クロノス、ゼウス、ヘバイトスなどになぞらえた人物が登場するために、発表当初は神話の層と現実の層との混在が話題となったのだが、今日においては特に前衛的な手法と考えなくてもいいだろう。アップダイクにおいては神話とは全くゆかりのない日常の平凡な生活が、華麗な神話世界につながっているのであり、人はふと、そのエアポケットのような空間に落ちるのである。

＊＊＊＊＊

「ピュリラは自分が生んだあなたという怪物をひどく嫌って、あなたに乳を飲ませるくらいなら、いっそ菩提樹に変身させてくださいと祈ったのだわ」[7]

アップダイクは『ケンタウロス』第一章でギリシア神話に登場する半人半馬の古代種族ケンタウロスが出生する事情をこのように説明する。

「オケアノスとテテュウスの子ピュリラは才知より美貌に恵まれた娘であったが、あるとき野蛮なクロノスに襲われた。ところがクロノスは嫉妬深いレアに見つかると種馬に姿を変え、噴出しかけた精液を、はじめに志したとおり無垢なる海の娘の腹の中に流し込むが早いか、ギャロップで駆け去った。かわいそうなピュリラ！　それが彼の母なのだ。賢いケイロンは、涙のために腫れ上がった彼女の顔が、天に向かって祈っている様子を思い描くことができた。彼女は…遠い昔に女性を交接の実りの場と定めた法令によって、わたしの身を縛るのはやめてくださいと祈った…残酷な天に向かって、このレイプ――実は暗黙のうちに合意して、あさましくも胸ときめかせて待ち望んだレイプの、奇怪な果実だけはどうかわたしから免除してくださいと祈った」(22)

その祈りによってピュリラはたちまち菩提樹に身を変えられ、生まれたばかりの、半ばは和毛、半ばは薄い膜に覆われたイカのような異形の嬰児ケンタウロスは、その島の岸辺に打ち捨てられる。嬰児は成長して、賢明なケイロンとして、神々の子供たちの教育に当たっていたが、あるとき同族が起こした騒乱に巻き込まれ、何の罪もないのに毒矢を受けて負傷し、痛みに苦しみながら世界をさすらったあげく、不死の宿命をプロメテウスに与えて、身代わりに生贄となって死ぬ。そして輝く射手座の星となった、という。

自分はどのようにして創造されたか、という創造の神秘は、自分は何であるかを探る際の重要な鍵である。少年が父の許で日々を過ごして大人になっていく物語を、神話世界の上に載せたこの作品において、ジョージとピーターの二代に響く通奏低音は、まず彼には偉大な父がいないということである。ギリシア神話の層において、ケンタウロスの父、野蛮な創造神クロノスは、異形の嬰児ケンタウロスになるべき要素を無垢な処女の胎に流し込むや否や、大急ぎで駆け去ってしまい、「父」としての責任を全く果たさない。父として存在すらしないのである。ところでアメリカ社会においても、かつてはいたかもしれない「アメリカの偉大な父」は、現代には存在しない。「偉大なアメリカの父」であるべき存在――たとえば大統領――は、あるいは暗殺され、あるいは自ら陰謀をめぐらし、あるいはギリシアの神々によく似た性的行為によって権威を失墜し、何かと気遣わしい存在である。アメリカの男は、畏敬し、模倣して育つべき「父の肖像」を持たないままに、自己の内部を手探りし、「世界をさすらう」のである。

物語層において、主人公ジョージ・コールドウェルの父ジョン・ウェスリー・コールドウェルは牧師だったが、四十九歳の若さで亡くなった。父親のいないジョージ・コールドウェルは、レストランの皿洗いから観光バスの運転手、訪問セールスマンなどさまざまの職業について母を支えた後に、高校の理科の教師として落ち着いた。息子ピーター・コールドウェルは同じ高校の生徒である。観察眼の鋭い優秀な息子に四六時中見られているということは、男にとって負担であろう。彼は家庭においては、優しい父親である、と同時に気の弱い夫である。勤務先の人間関係の難しさや、生徒を把握できないこと、内臓のどこかが悪いらしくて体調が優れないことなどを妻にくどくどと訴える。妻の父に対しては丁寧な態度と言葉を忘れない。しかし息子ピーターにとっては、父は気遣わしい存在である。彼はあまりに善良で不器用なのだ。生徒には甘く見られていて、教室の秩序が保てない。悪戯な生徒に金属の矢を射掛けられて踵に深い傷を負う。校長には無能というレッテルを貼られかけている。校長の視察のときに彼は怒りに任せて生徒に体罰を加えるという失態をさらけだしたのだった。

「アメリカの男」は、母にも恵まれない。神話によると、ケンタウロスの母は無垢の肉体をいきなり「交接の実りの場」とされる。「簡単に口説き落とされ、簡単に捨てられ」て、結果を育てるほどに成熟していない彼女は「産み落とした果実を、たかが馬の毛が二、三本生えているからといって岸辺に置き去りにして朽ちるに任せてしまう」(24) つまり彼女は自分が気に入らない結果を自分の責任として受け取って、養い育てようとはしないのである。ただし成人した賢者ケンタウロス・ケイロンは母である菩提樹に頬を摺り寄せ、葉のそよぎに息子の成長を見る母の喜びを感じ、きっと人間のままでいてもこんもりした木のように慈愛深い人だったろう、と想像する。木の根元に、自分の蹄との類似を見いだすという母恋いの気持ちもある。

思慮深いケイロンは、とんでもない怪物を産み落としてしまった若い女性のショックを理解して、母ピュリラを「あのヒステリーの瞬間に口走ったことが災いして樹木に変えられてしまった、哀れにも素直な女」（23）と理解するのである。

物語の現実層において、コールドウェルの母は、夫の病中、代理として説教壇に上り、教会のつとめを果たすというしっかり者だった。夫の死後、彼女は本当に自由になった、彼女はその夫を「生のまま食べてしまったのだ」（58）というのが息子コールドウェルの観察である。彼の妻キャサリンは息子が母親と結婚してはいけないなんて残念だ、とコールドウェルの母親コンプレックスを皮肉る。ケイロンの妻カリクロの役割を果たすキャサリン、つまりピーターの母は、出産を前にして、夫を連れて、オリンガーにある自分の実家の両親の家に同居する。すなわちピーターは「娘」である母に育てられたのだ。母親の死後、彼女は父、夫、息子を説き伏せて、これも実家の所有である、ファイアタウンの農園で暮らし始める。彼女は三人の男たちによく気を配り、夫を力づけて彼の病気幻想を追い払おうとするしっかり者である。彼女にはアレルギー性の乾癬の遺伝子があって、自分は発症しないのだが息子ピーターには強く発症する。ピーターは自分にも父にも生理的に合わない田舎暮らしを強制する彼女の態度を「母の愚かさ」（55）と感じるときもあるのだが、過重なまでに支配的な母の愛から離脱することはできない。彼は母のありかたを近親相姦的とさえ感じるのだが、事実彼の肉体の中には、母が持つアレルギー性乾癬の遺伝子が存在し、人生のすべての表層に対して発症するのである。

子供が母に恵まれなかった、ということは、父が、また、とりも直さず母が、配偶者に恵まれなかったということを意味する。キャサリンは夫を助け、夫を支配しているが、夫に満足はしていない。彼女にとってケンタウロスは異形のものである。彼女は夫の前で息子が自分の唯一の宝であると公言する。では母に溺愛されたピーターはどのように成人しただろう。彼は抽象画家になり、ベッドで黒人の恋人に「ねえ、いとしいきみ、聞いてくれ」と語りかける。しかしそれは独白であって対話ではない。「それとも眠ってしまったの？　どっちでも良い」(265) と続くのであるから。チベットのラマのように自分は自分自身から抜け出して、ベッドの上で「自分たち二人が陰と陽になって、二人の間の新しい人間を作り出す様子を眺めるのだ」(269) と言うのだが、相手の女性はどう反応しているのだろう。アップダイク自身「男女間の心理を綿密に、喜びをもって把握することは――フランスやイギリスの小説では非常に重要なことだが、厳しい新世界アメリカの生活の中にはなかなか入っていかなかった」と語っている。(*RA*, vii) アップダイクの文学においても、男女間の親密な語らいのようなものは、ほとんど存在しない。対話がないセクシュアリティは、実質的に神話におけるレイプ[8]と大して変わらない。それはアメリカ男性の自己中心的な性のあり方を強く示しているのではないだろうか。それでは、そこには真の豊穣は生まれないのであるが。

病気に対する恐怖と医薬への関心は連鎖しながら、死に向かう憧れと恐怖、死という行動へと連動していく。ケンタウロス・ケイロンは医療と薬剤をつかさどり、ストリノクス、マンドレーク、ニガクサなどの薬効を熟知している。香草・薬草の名を羅列するのは彼の楽しみである。しかし全く自分の罪ではないのに踵に毒矢を受け、癒せぬ傷の痛みに苦しみ、ついに、自分の意思で不死の運命をプロメテウスに与えて、自分は死を望む。

物語層において、祖父ジョン・ウェスリー・コールドウェルは四十九歳の若さで亡くなっている。その前の長い期間、彼は病臥していたらしい。ジョージ・コールドウェルは特に蒲柳の質というわけではないのだが、第一次世界大戦時に兵士として召集され、戦闘ではなくて当時蔓延していた流行性感冒に倒れたが、やっと命を取りとめた。学生時代には、フットボールのガードを勤めて骨折、脱臼など、いわば擬似死ともいうべきものを繰り返し経験している。物語の現在である一九四七年、五十歳になる年に、彼は内臓の癌に冒されているという恐怖に悩む。それは教室で生徒の悪戯で踵に金属の矢を射掛けられて受けた激痛よりも心を蝕む感覚である。検査を受け、レントゲン写真を撮り、医師の診断を受けて、癌ではないことが明らかになったのだが、父より一歳長く生きただけの年齢で、彼は自分の意志によって、本当の死に向かって歩いていく。

高校生のピーターは友達に較べて体格も劣り、虚弱で、性的にもおくてである。彼は母からアレルギー性の乾癬の遺伝子を受け、わずかな刺激によって皮膚のあちこちにかさぶたができる。アレルギーは乾燥・寒冷・暗闇・興奮・チョコレート・澱粉等々すべての刺激に対して発症する。つまり彼はこの世に生きることにアレルギーなのである。この現実世界と接触する所、すなわち皮膚――に、彼は発症するのである。ようやく思春期に達して母の支配を脱し、ガールフレンドと肌を接しようかという彼にとって、皮膚表面を覆う乾癬は、伝染性のものではないのだが、神が与えた呪いと思うほどに苦痛である。ケンタウロスの姿が目に見える異形であるように、ピーターの乾癬も誰の目にも見える異形である。できたばかりのガールフレンドであるペニーは、ピーターの観察によると、ものに動じないタイプで、時には「愚鈍そのもの」(237) と感じられたり、もしかして乾癬を持つ彼に対する「哀れみの絆によって彼の奴隷に」なってくれるだろうか? こんなに若い自分が奴隷を持てるだろうか (240) と感じさせる、一般的に漠然と母性型といわれる、身構えの緩いタイプの女性である。

ところでこのアレルギー性乾癬はアップダイク自身を悩ます遺伝的疾患であった。母からの遺伝である。『自意識——回想記』[9]の第二章「ぼくの皮膚との戦い」において、彼は赤い斑点や銀色のかさぶたに覆われた皮膚を隠すための苦しみを書いている。「母に言わせると、ぼくは六歳までは乾癬はなかった。一九三八年、幼稚園の時に、はしかにかかった後で急激に出たのだそうだ」と書き始めて、幼い頃まだ若い母と二人、裸になって、母の裸体にちょっとどぎまぎしながらサーオイルを塗って日光浴をした記憶が語られる。当然ながら母は『ケンタウロス』の母よりずっと甘く優しい。小学校二年生の時、学校で乾癬のために屈辱を受けたアップダイクが泣いて訴えると、母は決然として翌朝、矢のように、学校に談じ込みに行ったという。[9]人前で肌を見せないように気を配り、水泳を憚り、何度も何度も鏡の前で調べる。「乾癬は否応なしにナルシズムを招きよせる。自分の姿を嫌うナルシスがいればの話だが」(SC, 45)という気遣いは、成人するまで、いや、老年になるまでずっと続いたのだった。

アップダイクの悩みが、ピーターの悩みより説得力があるのは、エッセイとして、一人称で自分のこととして自由に書ける気安さのためであり、なによりもその苦痛をしのいで今日まで来たという勝利宣言だからである。[10]徴兵検査のときも検査官は一目で乾癬を見抜き、兵役免除とした。妻は大喜びしたが、母は自分が生んだ卵が腐っていると宣言されたように、悲しそうだったという。

アップダイクの母は穏やかでしっかり者のカリクロのタイプではなくて、勝気で一瞬の怒りにわれを忘れる、ピュリラに近い気性であるのかもしれない。そしてピュリラと違って極め付きの才女である。彼女は小学校を四学年飛び級している。八十歳でその知性とユーモアは驚くほどだ、とアップダイクに手放しで賞賛されている。母という大きなマスクを外した彼女は優雅で控えめなアイロニーを閃かせ、税金の計算も、農園の管理もできる有能な女性である。(SC, 48) アップダイクは老年になった母に自分との近似をいっそう強く感じるという。老いてもはや「母」である必要がなくなるにつれて、個人としての魅力が際立ってきたのだという。しかし母になるという責務に関しては、彼女はどういう態度をとったのだろう。女性として創造と生殖に携わるという仕事においては。ケンタウロスという異形のものを創造するに当たって、ピュリラは熱心ではなかった。突然襲われた彼女には、女性としての成熟はなかった。そこで創造の果実を嫌悪した。プロメテウスの母はどうだったのだろう。

3

母性に関する概念はその人その人によって全く違う。民族・地域・階層・宗教・文化によって違い、語り手の育ち方・生き方・年齢・性別によって違う。同じ母から生まれ、ほぼ同じ経験をしたと思われる兄弟であっても、考えはそれぞれに違い、同じ人であっても、年齢によって違う。ここで、時代も、文化も、民族も、生き方も、人間に関する関心も全く異なる、全く別の文学者の母性に関する概念を持ち込むことは非常に危険な作業なのであるが、両者ともギリシア神話を下敷きに用いていること、プロテスタンティズムを自己の宗教としていること、創造・死・連鎖・宇宙的秩序に関心のある文学者であることを共通分母として、異形のものが人間の女性を母として創造されることについて考えてみたい。アイルランド詩人W・B・イェイツが描く創造の図である。

レダと白鳥

突然の打撃、巨大な翼は
よろめく乙女の上にまだ羽搏き
乙女の腿は黒い水掻きに愛撫され、うなじは嘴にとらえられる
白鳥は逃れようもない乙女の胸を自分の胸におしつける。

この恐怖にわななくたよりない指が
ゆるんでゆく腿の間から、翼の生えた栄光をどうして押しのけられよう。
白い衝撃にゆだねられた肉体が、あやしい心臓のときめきを
今あるところに感じる他何ができよう。

腰の震えがそこに生み出す。
こわれた城壁、燃え上がる屋根と塔、
そして、アガメムノンの死。

このようにとらえられ
空の猛々しい血に征服され、
乙女は彼の力とともに、[11]その叡智も身につけ得たろうか、
気のない嘴が突き放す前に。

ゼウスが白鳥に姿を変えて清純な乙女レダを襲ったのだ。不意を突かれたレダは抵抗できない。その結実はレダが生む二個の卵である。トロイのヘレンとなる女児とクリュタイムネストラになる女児がそこから孵って、城を壊し、国を滅ぼし、文明を破壊し、歴史を動かす結果が生じる。もちろんレダに咎はない。生殖は男性である神の意思であって、母になるレダは、ピュリラの場合と同じく同意もなしに急襲されたのだ。生まれた奇怪な果実の中には彼女の意思は入ってはいないはずである。それなのに混乱と無秩序は人間の女性が産んだものとされるのはなぜだろう。

晩年にいたって、イェイツは生殖のエネルギーを厭悪する姿勢を示す。彼は肉による生産の営みが本質として内包する混沌、無秩序、そしてべっとり血に汚れた感覚を忌む。なぜなら彼はその時代の政治経験を通じ、民衆とのかかわりを通して、秩序や組織など整然としたものの敗北と、雑然としたものの勝利を、身に沁みて知ったからである。善悪の基準・制度・秩序などを、男性中心の文明が作り上げた人工の不滅の「黄金の鳥」であるとする時、整然としたものの破壊者、「血に塗れたドルフィン」の役割は、女性に振り当てられる。しかし相手が神でなくて、人間の場合はどうだろう。

「両手を出して下さい。わたし、胸に当てるわ。ああ、なんて白いこの胸——賭博師のさいころのように白い——白い象牙のさいころのように。さいの目はどう出るか、わからないのよ。気が狂った子供かもしれない——悪者かもしれない——やくざ者かもしれない——でもきっとそうではないわ、ジョナサン。知性のさいころは出る目が決まっているけれど、私は普通の象牙のさいころなのよ」[12]

このような言葉で、「窓ガラスの文字」のヴァネッサはスウィフトを誘い、結果が破壊につながろうと、狂気を生もうと、自然の無目的な生産のサイクルに身を投じよう、と迫る。ヴァネッサが自身を「さいころ」と規定して、男の手によって投げられるけれど、どの目が出るかは不確定である、と考えていることに注意したい。

『煉獄』においても女性の生殖のエネルギーが何をもたらしたかが、生み出された者の口から語られる。アングロ・アイリッシュの栄光の家の最後の息子と自称する老人が廃屋を前にして語るところによると、この家の若く美しく、奔放な令嬢が身分賤しい馬丁に恋をした。ある夜、召使たちが寝静まってから、令嬢は階段を下りて、酔って帰ってきた馬丁を迎え、自室に招き入れて、みごもる。出産の時に彼女は死に、家屋敷は馬丁の手で蕩尽された。自分が犯した過ちを悔いて、彼女の霊はこの廃屋に戻ってくる、しかも同じ生殖行為を繰り返すというのである。

ああ、お母さん、わたしは生まれてはならないのです。
あなたの子宮に宿してもならない。
貧窮の底にある惨めな男、
邪悪な男、あなたの血の汚れ
憶えていて下さい、もしあいつがわたしを生ませたら
あいつは自分を殺す奴を
生ませることになるのですよ。[13]

人生にも、生殖行為にも幻滅した年老いた息子は、若い母が悔いと歓びをもって自分をみごもる性の夢を繰り返し見続けることに耐えられない。彼は自分の息子を殺し、生殖の夢の結果を消すことによって、母を果てしない夢の連環から救おうとする。息子を殺したとき悪夢は消え、母は一瞬清らかに輝いて見える。しかし最後の段階で予期せぬ事態が展開する。消えた筈

の夢が蘇るのだ。ひづめの音が聞こえ、母の生殖の夢が蘇る。暗い潮のような宇宙的な欲望の前に、彼ひとりの小賢しい努力など、何の役にも立たない。イェイツにおいては男性の知性が、不確実あるいは悪を生み出すのをためらうのに対して、女性は、生むことをためらわない。夢を見る能力によって「ひづめの音」を、宇宙にみなぎる未知の力を呼び寄せる。そして母たちは受胎し、形造り、生み出す。新しく生み出されるものが「悪」とされるのは、それが古い体系に属さぬ異形のものだからである。それゆえに、世代ごとに生まれる「子」は、邪悪と堕落の下降線をたどるかに見える。しかしすべての母たちは、自分が生み出したものを信じ、容認して止まない。『煉獄』の母の記憶は常に子をみごもった時に帰り、その経験を容認して止まない。それはそのような無謀な、無条件の愛を、この老いた子が求めて止まぬからである。それはとりもなおさずイェイツ自身が、そういう母性を理想としたことを意味するのである。

　このように「全身が子宮となりまた骨壺となって」[14]生殖を続ける、汚辱に満ちた、強烈で慕わしい母性の表象に較べるとき、アップダイクの描くアメリカ現代の母はあまりにも禁欲的に見える。いや確かにピーター少年の母は性衝動に動かされることはない。十五歳のピーターは自分の母が自分以外の男に惹かれる夢など、見たくないのである。襲われて自分を身ごもった、そのとき以外は処女であることを、母に要求しているのである。

アップダイクの「母」がどのように「家」の、そして農場の荒廃に立ち向かうのか、アップダイクが女性に何を求めるのかは『農場』の章において探ることにして、「父と子」という本題に戻ることにしたい。

4

『ケンタウロス』における現実層での出来事は一九四七年一月、クリスマス休暇明け頃の三日間に集約される。

第一日　月曜日

寝起きの悪いピーターは母に起こされ、朝食を急かされ、トーストを持たされて、父の車に乗り込む。車は黒のビュイック一九三六年型四ドアで、以前葬儀屋で使われていた車体の長い、重いタイプである。空が青い氷のように見える寒い朝、この古い車はなかなかエンジンがかからない。なんとか車をスタートさせるのが、冬の朝のコールドウェル父子の儀式であり、仕事である。それを果たして、二人は狭い車内でほっとくつろぐ。母の絶え間ない支配を逃れて父と子が親密に体を寄せ合うことができるのは、広いアメリカで、車の中だけなのだ。車の内部という異界で息子ピーターは小さな脱走感覚と仲間意識を喜ぶ。それは毎日定った時刻に、短時間経験するホモソーシャルな――ホモセクシュアルでもある――感覚なのだ。だが、父はカーラジオをつける。外界からの侵入である。車が温まり、カーラジオからはジャズが流れてピーターはニューヨークを夢想し始める。ニューヨークの美術館には大好きなフェルメールの絵が所蔵されているのだ。ピーターは画家志望である。

小さい丘を越えた所で、父はヒッチハイカーを拾う。遅刻しそうだということ、父との親密な空間をこの浮浪者に奪われたこと、そして何よりも遠回りをして、町までこの男を送り届けてやろうという父の善人ぶりに少年はうんざりする。

コールドウェルは授業をし、放課後は生徒二人に助言をする。アップルトン医師の診察を受け、精密検査を受ける。夕方ＹＭＣＡでの水泳試合にコーチとして出場、八時過ぎにピーターと食事をして車で帰宅。途中エンジン故障。いじっているうちに車軸を傷め、帰宅をあきらめて、町の安ホテルにピーターと泊まる。そして同性愛者だろうとチンピラに恐喝される。

第二日　火曜日

昨夜親切に応対してくれた中年のフロントが、明け方急死したと知る。トロリーカーに乗って登校。遅刻はしなかったが、ピーターはいつもの調子が出ない。フランス語の訳ではしどろもどろになり、乾癬のことで友達にいじめられる。

コールドウェルは平常どおり授業をし、同僚との会話を楽しみ、苦手な校長と話をする。合間に自動車修理業者ハンメルに連絡、妻に電話、歯医者に行くなどの雑用をこなす、夕方はバスケットボールの試合にコーチとして出場。オリンガー・チームが勝った。降り始めた雪の中を、修理された車に乗ってピーターと一緒に帰途につく。夜の十一時頃帰宅の予定だったが、丘のところでエンジンが止る。雪の中を徒歩でハンメルの家まで行き、泊めてもらう。

第三日　水曜日

雪のため高校は休校。ピーターはヴェラ・ハンメルから朝食のもてなしを受ける。コールドウェルは高校に行って雑務を済ませ、自分の机周辺を片付けて、午後一時頃ハンメルの家に帰ってきた。ハンメルのトラックで車まで連れて行ってもらい、父と子は車に乗り込む。しかし自宅を目前にして再びエンジン故障。二人は歩いて帰宅した。もう夕方の星が瞬き始めていた。ピーターは発熱。多分三日くらい床に就けば治りそうである。コール

ドゥェルはこの後雪に埋もれた愛車を見に行き、自分の宿命を理解する。「ケイロンは死を受け入れた」(299)

言葉としての対話は少ないが密着して過ごした三日間に「子」が感じたものは「父」である一人の男が死の想念に取りつかれ、それに向かって手探りで進んでいく気配である。死はまだ姿をあらわさず、彼は理科の授業では生命の起源と死の始まりについて教え、「ヴォルヴォックスは個々の細胞としては不死の可能性を有するけれど、細胞群の有機的全体のなかで特殊な機能を果たすために、協調的全体の一員となったのだ。その緊張が結局は個々の細胞を摩滅させ殺してしまう。つまりそれは、全体の益のために犠牲となって死ぬのだ(42)」と説明し、「石器を作り、火を燃やし、死を予見する悲劇的動物があらわれたのだ――その名を人間という」(46)と授業を締めくくる。子は父の想念がずっと死の周りを巡っているのを理解して、「お父さん、休息なんかしないで!　どうするつもりなの?　僕たちを許して、生き続けてくれることはできないの?」「待って!ぼくを待ってくれないの?」「さあ、もう馬鹿なこと、やめてよ」(189-90)、「おとうさん死なないで」と言い続ける。少年は、父の屈託が一つは癌の恐怖という肉体的なもの、一つは校長ジンマーマンが彼を馘首しようとしていることへの心配が高じてのことだと理解する。ことに校長に対しては、コールドウェルが校長の放埒な女性関係の現場を見たこと、管理しているバスケットボール試合の入場券を校長が政治的に流用した事実を知ったこと、コールドウェルの授業に対する評価が低いことの三点だと理解し、直接校長に当たって後の二点について父を弁護し、校長側の不備を突く。ピーターはこれを告げて安心させようとするが、コールドウェルはむしろその報復を恐れる。病気に関しては医師がレントゲン写真、腸カメラ検査によって、粘液性大腸炎であって、心配ないと証明してくれる。母は「同情を乞うにはまた新しい手を考えなくちゃならないわね」(289)と冷たい。

コールドウェルの古いビュイックは、エンジンが傷んでいる。第一日の出発から不調のこの車は二日とも帰宅のときに故障を起こす。ピーターの「自動車のなんとも説明しがたいこの習性は、父自身の故障が投影されているのではあるまいか」(150)と直感するのだが、まさに車はコールドウェル自身である。否応無しに田舎暮らしをさせられているため、車は彼の必需品というより身体の一部になっている。車はほっとできる親密な空間を彼と息子とにもたらす。しかし息子は母親の寵児であるため、支配的な妻の要素は排除できない。しかも彼自身は車が好きではないのだが、妻の意思によって田舎暮らしをしている以上、車による通勤には支配的な妻の要素から自由な空間ではありえない。確かに車は現代アメリカ、いや、現代というものの精神構造に深くかかわるのである。二十世紀も後半になると自動車は単なる移動の手段、走る道具、運搬の用具としてではなくて拡大された自己、増強された能力、身体的総合の延長となる。

車を運転しているとき、人間と機械は一体化する。そして、両者の間に目に見えない神経系が縦横無尽に張り巡らされる。エンジンに火が入ると、人間の精神が流れ込み、「車」の「精神」が形成される。そこにはもちろんセクシュアリティも含まれる。その精神情報は、見えない血液のごとく、その神経系を走り抜け、人と車を貫く形で循環する。その状態こそ独自の「精神」を保有した一つの「車のパーソナリティ」の成立にほかならない。乗り手が長く乗れば乗るほど、そして、深くかかわればかかわるほど、「車」という身体の中を循環する「精神」は濃度を高める。[15]

このように機械を自己の拡大したものと考え、車内を身体内部に、車体の外側を皮膚のように認識するのは、ハイ・テクノロジーが進んだ一九八〇年代に至ってからである。『ケンタウロス』の物語が進行する一九四七年には、一般の認識としては、まだ自動車は道具であり、財産であっただろう。アップダイクはさすが明敏にこの機械と身体の共存感覚を読み取っている。なにしろコールドウェルはケンタウロスであり、自分自身の中に普通の人間としては過剰な走る道具性と乗せる用具性を備えているのであるから。彼が虚弱な息子を憐れんで「かわいそうに。わたしのこの頑丈なボディをやれたらなあ」(290)というとき、妙に機械としての肉体を読者に感じさせる。

　ギリシア神話においてもオデッシウスの艱難は帰途、家路を指しての航海に起こっている。しかもオデッシウスの場合は妻ペネロピーが貞節に夫の帰りを待ち焦がれているはずなのだが。アップダイクのペネロピーは息子が電話で「お父さんに帰ってほしい?」と尋ねたとき、はっきりと「いいえ」と答えたのだった。(210) キャサリンはクリュタイムネストラではないはずなのだが。ピーターを、ケンタウロス・ケイロンに預けられて教育されたイアソンと考えると、この車はアルゴ船すなわち「迅速号」でもあるだろう。しかし航海は女だけの島で歓迎されるなど、さまざまな冒険に彩られて、迅速には行かない。アメリカという平原においては車こそ非日常世界へと乗り出す船である。船がなかなか故郷に帰りつけないのは、主として乗り手に問題があるのだが、故郷に問題がある場合も存在する。

もちろんコールドウェルは帰宅しなければならない。妻に食料を、岳父に新聞を持ち帰らなければならない。何よりもまず息子をベッドに寝かしてやらなければならない。そのために無理に車を動かそうとして、事態を一層悪くする。

しかもコールドウェルは自分自身を、人目に曝されている燃え尽きた蝋燭とイメージする。「そうだ、彼は才能を地下に埋もれさせたのではない。明かりの上から枡を取り去って、燃え尽きた蝋燭とはどんなものかをみんなの前に示したのだ」(197)バスケットボールの試合を見ながら、彼はマーチ牧師に神学上の疑問をぶつけて言う。彼の父ジョン・ライオネルは長老会派の牧師だったために、彼もその教義を信じているのだがその中で、人間には神に選ばれたもの、選ばれないもの、恩寵にあずかるものとあずからないものがあって、恩寵にあずからないと決められたものはいくら努力しても決してあずかることがない、という決定論的なところが納得できない、恩寵にあずからないものがなぜ創造されたのか、と彼は尋ねる。しかし彼の目的は神学上の不備をつくというよりは、神は誰か地獄の火で焼かれる人間を必要としたのだ、そして自分がその犠牲者になるのだ、という決心をするところにある。(252)「ぼくの親父はぼくの年になる前に死んでしまった」「ぼくは自分の息子だけはそんな風にして裏切りたくないと思ったね」(225)と彼は言う。事実は裏切る方向に向けて動いていたのであるが。コールドウェルは息子にガールフレンドができたらしい、しかも「相手の心臓を食べてしまって残りは流しに捨ててしまう」ドイツ系の娘なのにと、疎外感で心を寒くする。(250) ピーター自身によると彼女は、かすかに黒人系の要素をまぶたに見せている、おっとりと寛容な女性である。

幼いときにピーターは父が何かの責任を追及され、町民から罵声と嘲笑を浴び、衣服も剥ぎ取られて、とぼとぼと階段を下りてくるという悲しい夢を見たことがあった。(210) 父が恥辱より死を選ぶだろうとは、そのとき感じたことである。その朝彼は以前彼がプレゼントした手袋が使われずに車のシートに放り出されているのに気づいた。それを乗せてやったヒッチハイクの浮浪者が持って行ってしまったのだ。子からの贈物を受け取らない父のエピソードは創世記にあり、カインの弟殺しを誘発するのであるが、[16] アップダイクは一人の父、一人の子と設定して嫉妬の主題を避け、子に「父こそ物を供給する人なのだ、必要なものは、衣服も食物も、知識も、希望も、父の手から子である自分の所に落ちてきたものだ」と悟らせている。感受性の鋭いピーターは、ここで父を失う恐怖を実感する。(92-93) 彼は自分にできることは「この痛々しい男を見守り、ただ一人暗いドアからもう一つの審判を受けに出て行くのを送り出してやることだ」と感じる。(212) このようにこれまで表層にあったギリシア神話の上に、キリスト教神話が重ねられる。コールドウェルがキリストであるとき、ピーターはペテロである。二日目、父が残務整理を終えて学校から帰ってきた時には眠っていた彼は、最後に家を出て行く父の姿を見ている。彼は父がまっすぐな姿勢で軽々と雪の中を歩いていくのを見、一瞬の啓示によって、この神秘をありのまま描くこと、自己を一枚のカンバスとして広げることが自分のなすべきことなのだ、と会得する。「ぼくの服従が完璧であれば、美と有用な真実が写し取れるであろう」(293)と一瞬のうちに自分の使命を理解するのである。

コールドウェルはただ一人白い広野を歩む。かつて豊穣であった大地は今荒涼として不毛である。彼は年末近くに一人の王が生まれた、という伝説を思い出し、さらに、少年の頃に父から聞いた「すべての喜びは主に属する」(296)という言葉を思い出して喜びを感じる。喜びだけが主のものとして残り、喜びでないものは崩れ去るに違いない、と思えたのだ。雪に埋まっている黒いビュイックにも別れを告げ、彼は生と死とを隔てる一歩が想像しなかったほど巨大であることを悟りつつ死へ向かう。当然ながら月火水の経験の後に続く木曜日であるが、洗足木曜日や聖木曜日を微かに連想させる曜日設定である。[17]

十二年後のピーターは、新進の抽象画家となり、オリンガーを出て、ニューヨークで暮らしている。傍らに寝ている黒人の恋人に、彼は精妙な描写で少年時代のオリンガーの風景を、菩提樹やニセアカシアの木立に隠された美しい沼のことを、深い悲しみに浸りながら笑いの雰囲気の中にいた父のことを語る。彼はあの時実は父は不可能というものの本質を極めようという鬼気迫る状況にいたのだ、と理解し、あの、家路につくときに父とともに創った小世界が、半ばフロイト的、半ばアラベスクな性の神秘に満ちていたことなどを思い出して、その美しさを改めて感じ「父が生命を捨てたのはこのためだったのだろうか？」と言葉にする。

たしかに、これを護るために誰かが進んで犠牲になるほどにそれは美しい世界だったのだ。

I consider the life we have made together, with its days spent without relation to the days the sun keeps and its baroque arabesques of increasingly attenuated motion and its furnishings like a scattering of worn-out Braques and its rather wistful half-Freudian half-Oriental sex-mysticism, and I wonder, *Was it for this that my father gave up his life?* (270)

一人の父と一人の子というミニマルな表象は、ギリシア神話とキリスト教神話の中に相似形を見出しながら『ケンタウロス』という画面の上に塗り重ねられていく。

アップダイク自身は「この作品はわたしのペンシルヴェニア物語群の最後になる、と同時に、主人公をまっ逆さまに恐怖に落とし込む事件によって、以後奇妙にわたしから離れなくなっている性のテーマを予示するものである。しかしすべての糸が集中している物語の核心はもちろん父親であって、その寛容でおかしな死のマナーなのだ。これはこの後の小説についても言えることだが、『ケンタウロス』――良い物語だ、なぜなら良い男がそのなかにいるからだ[18]」と語っている。

第二章

『走れウサギ』――背後にひそむもの

1

『走れウサギ』において、ハリー・アングストロームは二十六歳の元高校バスケットボールチャンピオンとして登場する。かつて第一級であったという栄光の感覚を取り戻そう、という幻想を追って、現実につまずき、その過程で神という不確かなものの存在に気づくのがこの小説におけるハリーであって、その十年後の三十六歳のときにヒッピーの若い娘を自宅に引き込み、放火による火事でその娘を焼死させてしまうなどということ、さらにその十年後の四十六歳の時には、日常性にどっぷり漬かった金回りの良い成功者になっていること、さらにその十年後の一九八九年には孫が二人いるおじいさんになって、五十六歳で死んでしまうなどということは、当人は全くあずかり知らぬことである。もちろん、読者も、評論家も、創造主であるアップダイク自身さえ、全く考えていなかったことである。この運命を知って、その予兆を最初の作品の中に探るのが、四部作の完成を見た後の今日の読者の務めであろうが、ここでは先に述べたように『ケンタウロス』との関連のもとに、「苦悩する馬」[1]になる運命のウサギとしてではなくて、高みを求めて跳ぶ者、究極を求めて走る者として、そして画家になるべきピーター・コールドウェルより、むしろ鋭い観察眼と、敏感に反応する直感を持つ若者として見ていきたい。

ハリー・アングストロームは一九三三年二月生まれで、ピーターの一歳年下である。二十七歳で画家として立ち、ニューヨークに暮らすピーターと比べるとき、二十六歳と六ヶ月のハリーがこの時点で背負っている日常性は、はるかに重い。彼には妊娠中の妻ジャニスがあり、幼い長男ネルソンがいる。ジャニスには実家の父母があり、ハリーには父母と妹がいる。ジャニスとハリーの両親との間には、通常よくある嫁姑の対立関係があって、ハリーは親離れしていないことをジャニスになじられる。出産直後のジャニスにセックスを求めて断られた不満から、ハリーは知り合ったばかりのルースとの交際にのめりこむ。家を空けている間に起こった嬰児の溺死事故。相似形を描くように起こったルースの妊娠と結婚要求。ハリーは全能の力を持ちながら何もしない「神」に向かって声を上げる。「第一級」であるはずのハリーは、普通の人間として、普通の人間関係に取り巻かれているのである。

たとえどのように醜悪であろうとも、究極的にこの現実が与えられたすべてであって、これにかかわって行く以外に逃げ場はないのだ、と知る時、現実の相を最後まで突き止めようとするのが、ある種の人の使命となる。現実のものの形を見極め、隠された意味を知り、その背後にひそむものを探り、またある瞬間に自己にのみ顕現される姿を記録することが、他の人々にはどう見え、論理的、社会的評価はどうあろうとも、ある種の人間のひそかな、時には意識もされぬ使命なのである。未成熟な社会的落伍者[2]、と評されるハリーもその使命を帯びた人間なのである。

ハリー・アングストロームの行動と認識の細部を捉えて、アップダイクは『走れウサギ』に悲劇的切迫感を作り出す。それは彼の緻密な描写と構成が、克明に、現実が人間を追いつめて行くさまを記録するからであり、また作品の根本に、自分の方向を掴んだ若い新進作家アップダイクの、対象と自己を追い込んでいく緊張と興奮、そして追い詰められた者が抱く tragic finality[3] の感覚があったからである。「『ウサギ』が始まった」と彼は書く。

マサチューセッツ州イプスウィッチに初めて持ったわが家の隅の小部屋で直立型の小さな机に向かって、柔らかい鉛筆で書いていくうちに、現在時制の文章が増えていき、弾みがついた。家は十七世紀に建てられたもので、床材は柔らかい松だった。何ヶ月にもわたって書いている間、気分が高揚したとき、床を足で叩きつづけたので、床材が磨り減り、ニスが二ヶ所ほどはがれてしまった。『走れウサギ』の手書き原稿が完成したのは、原稿の末尾に書いた日付を見ると一九五九年九月十一日である。(*RA*, viii)

2

少年の日に、ハリーは電柱によじ登っては空間を截る電線を仰ぎ、戦慄しながら電線の囁く声を聞いた。

電線は動いていないのに、ぞっとするような囁きが聞こえる。囁きはいつも人を落とそうと誘う。握っている手掛かりを放させ、背後に大きな空間を感じさせようとする。落ちる時、それが足を払い、脊椎をかけ上がるのを感じさせせようとする。[4]
また、彼には神秘的な回帰の原点となるケジャライズ通りの道ばたの空地に茂る雑草を細かく観察する。

夏には思いがけないほど豊かに雑草が生い茂るだろう。蝋のような緑の茎と絹糸のような種子を包んだミルクいろの莢、花粉でぬれたような黄色のふわふわした葯。(16)

このように彼は自己の中で心象を拡大し、凝視し、描写する。この時彼が感覚するのは、現実の花、電線という形象を超えたいわばインスケープとも呼ぶべき内的風景の展開である。しかも彼はそのような内的世界の実在を意識すればするほど、それは自分だけが感知し、呈示できる独特の存在であるということ、自分が他人には見えないものを見る、異形のものであるという孤立感を認識せざるをえない。しかもアップダイクは、このような内的世界の存在を際立たせると同時に、これが現実の形象を超えては存在しえないこと、インスケープも日常的現実にかかわって初めて存在しうるものであるという事実を明らかにする。彼が示すリアリティとは、形象を超えようとする内部のストレスが極点に達しながらも、外枠を破壊しえないという苦悶と抗争の場である。幼いハリーが「これ――この木立、この舗道――それが人生なのだ。本当の、唯一のものなのだ」(69)と切ないほどに直覚したのも、これが逃げ場のない、巨大な外的圧力が内的生命と抗争している現実というものの姿だったからである。

このように考える時『走れウサギ』の世界が現実からの離脱を志向するものであると同時にその不可能を強く予見したものであること、脱出願望の強さと平行してこれを抑制する枠組の強く働くものであることが理解される。この枠組を積極的に壊そうという『帰ってきたウサギ』またこうした現実を創造した父＝創造主のありかを問う『カップルズ』に至る前に、『走れウサギ』の苦悩――枠組の中に捕らえられながら日常的事物の背後にあって、彼に見出されることを望んでいるもの(127)を見極めようとするあがきを追ってみたいと思う。

「永遠に追われ続け、求め続け、永遠の放浪者であること[5]」が彼に求められている使命である。あるいはまず「すべての絆を脱するところに」、拘束を「離脱すること[6]」に責務の第一があるのだろう。責務とは、第一に彼を閉じこめようとする現実から離脱することであり、さらに損傷を回復し、使命を満たす方向に向かうことである。

3

ウサギことハリー・アングストロームは二十六歳の若さで、もう人生にむなしさを感じ始めている。スーパーマーケットで野菜の皮剥き器の宣伝販売をしている自分、二人目の子供を妊娠して、自堕落になってしまった妻ジャニス、乱雑で投げやりで、しかも寛げない家庭生活、すべてが耐え切れぬほどに二流なのだ。バスケットボールの花形選手として鳴らした高校時代に、彼は確かに一流だった。その栄光がこんなに早く消えうせ、もう戻ってこないとは信じられない。失われたものを回復しようとする模索は、まずスポーツ感覚の充足から始められる。花形選手だった頃、彼は栄光を喜ぶよりも、新記録の樹立を誇るよりも、トップに立ち、君臨するという感覚を楽しみ、さらに走り、投げ、シュートするという身体の運動感覚に充足を見出していた。彼は子供たちがバスケットボールをして遊んでいる中に割り込んで、ただ一人の大人としてボールを操ってみる。すると確かに昔の感覚が蘇り、昔のタッチが残っていることが確かめられる。

みんなが息を詰めてみていると、彼は青いタバコの煙を透かして目を細めて狙いをつける。彼は春の午後の空を背景に、煙突のように黒いシルエットになって、注意深く足の位置を決め、胸の前で慎重にボールを動かして白い手を広げてボールの上に置き、もう片方の手を下に置いて、細かく動かし、大気そのものを安定させようという構えだった。(4)

しかし彼はすぐに以前とは異った要素が混入して、充足感を損なっていることに気がつく。彼が優れていることは子供たちに認められるけれども、だから受け入れられるというわけではないのだ。むしろ逆に、六人の子供の中に紛れ込んだ一人の大人として、彼の孤立は深まるばかりである。技術の拙い子供たちは鈍い動きで足許にごろごろして、ゲームの感興をそぐ。彼自身も体が重くなり、息切れしがちで不愉快である。二十六歳の青年にとって十八歳の高校時代はそう遠い過去ではなく、手を触れ、感じることのできる、回復可能の近い過去のように思われる。しかし何かが微妙に変化していて完全な回復は不可能である。

手が届きそうで届かぬ充足というもどかしさは、人間関係においてもいっそう明らかである。喪失が決定的に遠いものでなく、回復が全く絶望的とは思われない場合には、手が届きそうで届かぬものへのもどかしさはいっそう募る。妻のジャニスについて、彼はもどかしい。だらしない現在の姿のむこうに、美しく硬い、かつての姿が透いて見えるのだ。つい三年前、彼女は紡ぎたての糸のようにピンと張った神経と織りたての木綿のような香りの肌をした、まだほんの子供だった。川っぷちに大きな青いガスタンクが見える、夕陽がいつまでも射している部屋、パイプわくのベッド、銀のメダリオン模様の壁紙、などの切ない状況とともに、はにかみ、ふるえ「やわらかに粒立った絹のスリッパのような彼女の内部」(14)などの美質がハリーには蘇る。しかし現在の彼女は二度目の妊娠で顔付も妙にとげとげしくなり、身なりも構わず、昼間からウイスキーを飲んで、汚れたグラスを片付けもしないのだが。娘らしくきれいだった彼女がそうでなくなったのはつい昨日のこと、とハリーには思われる。明日には汚濁は払拭されて元の美しさが戻るだろうとも。

ほんのつい昨日、彼女はきれいでなくなったのだ、と彼は思う。口の隅に二本のしわがよったただけで、彼女の口許は強欲そうになってしまった。髪も薄くなり、それで彼はいつもその下の頭蓋骨のことを考えてしまう。こういう老けた感じは目に見えないほど少しずつ進んで来ていたので、彼は明日になったらこんなに老けた感じがなくなって、彼女は元通り彼のカワイコチャンになってくれるのではないかという気がする。(7)

時がひきおこした変化に戸惑い、戦い、回復を願うハリーに対して、ジャニスはこの変化を自分自身の上に経験し、過去の回復が不可能であることを悟っている。「恐ろしく弱い」[7]「美しくも知的でもない」[8]「妊娠によってウサギを罠にかけた」[9]などと批評家の間でも評判が悪いジャニスであるが、たしかにその自堕落ぶりは手がつけられない。しかし彼女がタバコを止めたハリーに「もともとお酒を飲まない上に今度はタバコを止めるのですって、何をしているの、聖者にでもなるつもり?」(9)と詰問する言葉が示すように、ハリーの自己中心主義、きれいごとで表面を済ませようとする態度を批判する、彼の強力な対立者なのである。

九ヶ月の身重で、彼女は赤いジャージーの水着を買う。「プリーツスカートがついていて、水に入る時は取り外すの」と幼い調子で説明し、「もうすぐ着られるような気がしたから」(11)という彼女には、その不可能を察知した響きがある。事実、後に水着を着て悠々と泳ぐのは、すでにハリーの子をみごもっているルースである。一方ジャニスの生んだ赤ん坊は、浴槽で溺れ死ぬ。

内的独白の文体で描かれるクライマックスの一章を除いて、物語はほとんどハリーの視点から語られるために、ジャニスの醜さも誇張されがちであるが、彼女は盾の反面のように彼の反対我としての負の行動を示す。ハリーが「秩序の好きな男」(8)であるのに対してジャニスはだらしなく、ハリーが走りまわるのに対して彼女は動かない。彼は充足を求めて過去に復帰しようとするが、彼女は過去に興味を持たない。むしろ回復すべき過去を持たない存在として彼と対立するのである。

ジャニスは車を自分の実家の前に置き、息子ネルソンをハリーの親のところに預けていた。面倒を見てもらったネルソンを引き取りに、両親の住居を訪れたハリーは、暗い庭から窓ごしに、自分の息子が自分の父母や妹に囲まれて食事をしているのを見る。整頓され、磨き立てられたキッチンという、かつて自分が居た頃と変わらぬ状況の内にいるのは、自分ではなくてネルソンなのだ。軽い疎外感を感じて息子を自宅に連れて帰るのを止めたハリーは、常識的な夫、父としての現在の責任を捨て、二流の社会人という立場も捨てて、車という自己が所有する小空間に身体を滑り込ませ、衝動的に走らせる。

彼は指先でつまめる程度に、ごく軽くハンドチョークを引き、もう一度エンジンを掛ける。一度エンジンをふかせ、スプリンガーの家のリビングに明かりが点くのを横目で見ながらクラッチをはずしてやる。そこでフォードは縁石のところからをがくんと道路に落ちる。

彼はジョゼフ通りを猛烈な勢いで飛ばし、停止の標識を無視して左折、ジャクソン通りが斜めにセントラル通りに合流している地点へ向かって走る。セントラル通りは国道四二二となって、フィラデルフィアに通じているのだ。(23)

五十五年型フォードは快調にスタートし快調に走る。車の中は自由で快適で、他者からの攻撃がない。カーラジオからジャズを響かせながら、彼は一人で走るという快感に浸るのである。車が調子よく走り出すとき、その感覚は、少年の頃妹ミムを橇にのせてマウント・ジャッジの坂道をすべり下りた時のスピード感に重なる。その感覚は彼を誘って、現実から離脱させる。このようにハリーの現状からの脱走は、過去への回帰に連動する。アップダイクの異界は必ずしも遠くに在るわけではない。むしろ現実のすぐ隣に、静かに息づきながら存在しているのである。車のドアを開け、内部に身体を滑り込ませたとたんに、ハリーは異界に落ちる。彼は走るウサギになる。強い移動性を持つ車は、彼を異界へと連れ去る。

どこか南の、白熱の太陽の射すあたり、メキシコ湾の砂浜へ、どこかに「僕に見つけてほしいと望んでいる何かがあるんだ」(127)と信じて南へ向かう彼の行動は、どこかに自分を待っている土地があると信じてアメリカの大地をさまよう、スタインベックやトマス・ウルフをはじめとするアメリカの祖形に従ったむしろ古典的な脱走であるといえよう。ハリーは何かに衝き動かされるようにランカスターからメリーランドへと車を走らせる。この衝動的な第一の脱走は、彼自身意識はしていないが、探求であり、求道にさえ近いものがある。バスケットの元コーチ、トセロを訪ねた彼は、素朴で豊満な娼婦ルースと親密になる。彼女の家に転がり込みスミス老夫人のもとで庭師として働き始めた彼は、初めて脱出感覚と生の充足感に酔う。

しかしイクレス牧師を通じてジャニスの出産を知ったハリーは、結局ウェスト・ヴァージニアから元のブルーワーへと引き返さざるを得ない。彼の行動が夢想と現実に揉まれ、軌跡はともすれば円を描いて回帰してくるのに対して、ジャニスの行動は直線的である。十年後の彼等を描いた作品『帰ってきたウサギ』においても、責任を負うという形で過去に呼び返されるハリーに対して、過去を切り捨てて突っ走るジャニスの絶望的な行動性が鮮烈である。

生まれたのは女の子で、生まれ月にちなんでレベッカ・ジュンと名づけられた。病院で休養したジャニスはお乳の出もよく、健康だった。しかしアパートに帰って数日するとお乳は出なくなり、赤ん坊は絶え間なく泣く。ハリーは若い母親らしいジャニスの姿態に欲望を感じるが満たされず、苛立ちのあまり、二度目の脱走を試みる。週末にたった一日家を空けただけだった。しかしその間に、ウイスキーに酔った朦朧状態で赤ん坊にお湯をつかわせようとしたジャニスは、手をすべらせて、誤って、浴槽の中で、生後二週間あまりの赤ん坊レベッカ・ジュンを溺死させてしまう。周囲はジャニスに鎮静剤を与えて眠らせ、重病人扱いをして、責任の問題を考えさせまいとする。

「あなた以外の人の顔、見ることができないわ。ほかの人には会えないわ」(278)

嬰児の痛ましい死について、二人の反応は対照的である。事件後の最初の彼女の言葉は、自責よりも他人の目を恐れる気持、夫に犯人としての責任をかずけたい気持、夫に甘えたい気持など、すべて対世間、対人間のレベルでの苦しみを示すものである。その後の「でもわたしたち、ここに住まなきゃならないのよ!」(285)は、身に合わぬ喪服を着て「ハリー、おかしくないかしら」(286)と夫にたずねて彼を憤らせる言葉とともに、この世間の現実の中で、これからも生きて行くつもりが明白である。ただ、溺れた赤ん坊を掴んで逆上し、混乱した意識の中で、そしてその混乱の中でだけ彼女が感じた巨大な第三者の存在に、ハリーとのつながりが感じられる。"Father, Father"と呼ぶその名は殴打のように彼女の頭を打つだけであったが。

「お前が悪いんじゃない」彼はいう。「俺の罪だ」(278)。この時点でハリーは素直に罪と責任を認める。
その午後、事件を知って家に帰った彼は、浴槽にまだ水が湛えられているのを見たのだった。無味無臭無色の水の、重い静かな存在に彼は圧倒される。そして同じように無味無臭で、その時そこに存在したに違いないもの——神——のことを思う。その場にいなかった自分に罪はある、しかしその場にいた神はどうなのだろう。浴槽の小さなゴム栓を引き上げながら、たったこれだけのことを、神はあり余る力を持ちながらしてくれなかったのだ、と彼は思う。

何て簡単なことだったろう、と彼は思う。しかもあり余る力を持ちながら、神は何もしなかった。あの小さなゴム栓を引き上げることさえしなかったのだ。(277)

さらに彼はあの夜、何の必要もないのに、何かに引き留められる感じでブルーワーの町をうろついていた自分を思い出す。ルースはアパートにいなかったし、彼の内部にはなにか悪い予感が高まっていたのに、家に帰らなかったのは、「どこかに出口がみつかるのではないか」と考えたからである。彼が耐えられなかったのは「閉じこめられた」という感覚であってこのおろかしい現実よりも「何かもっと良いものがどこかにあるのだ」(271) という感覚に引っぱられていたのだった。彼を引きとめたのは、何か彼の力を求める神秘的な力ではなかったのだろうか。何かの使命が自分にはあったのだろうか。

幼い娘の死を経験したハリーは悲しみ、苦しみ、自責するけれども、神を不在とは考えず、むしろ存在し、見ていたのだと考える。事物の背後にあるこの超自然の存在は、しかも、必ずしも悪意に満ちている訳ではない。以前から彼は何か神秘的な力がものの背後に存在するということを意識し続けていた。ゴルフをしながらのうちとけた会話の中で、彼はその存在は確かであり、またそれを見出すことこそ自分のつとめであるとイクレス牧師に語る。

「ぼくは神学だの何だのってことは知らないんですけれど、ただ、つまり、そう感じている、と思うんですが、どこかこうしたものすべての背後に」……「何かぼくに見つけてほしいと望んでいるものがあるんです」(127)

高校のバスケットボールではあるけれども、かつて一流であった自分は、二流であることに耐えられない、ところがジャニスとのままごとみたいな結婚生活は、たしかに二流であった、その汚い二流感覚に耐えられなくて家を出たのだ、とハリーはイクレス牧師に説明する。(107)

しかしジャニスの徹底的な堕落に較べるとき、ハリーの汚損は生半可で、こぎれいな身なりを保ったものである。彼は常に誰かに一流だと認めて貰っていたい。いい子だ、と褒めて貰っていたいのである。元監督にまつわりつき、実家を遠くは離れないのも、このためである。逆にジャニスは泥酔して過失とはいえ赤ん坊を殺す、それほどに徹底して現実の汚濁に身を任せることによって、ハリーのいい子ぶりを、自分は手を汚さずに他者の汚辱を批判する、聖者ぶった姿勢を、非難しているのだ。ハリーが家を出るのは、このようなむき出しの現実に耐え得ないからである。彼の無意識の摸索は、「どこかこうした事物すべての背後に、自分に、見つけてほしいと望んでいる何かがある」と信じ、これを見つけ、捉えようとするところに目標があったのである。彼を取り巻く日常の些事から離脱し、かつて味わった充実感を回復すること、皮膚感覚を充足させることなどはいずれも彼の渇きを一部満たしたけれども、真の充足は与えなかった。ただ、それによってある出口が見出せそうな気がしただけである。何か手がかりが掴めそうだという直覚から彼はブルーワーの町をうろつき、娘の死という結果を引き起こした。

最初の逃走が探索の要素を多く備えていたのに対して、二度目の短い逃走はむしろ脱出の意味が濃い。イクレス牧師に代表される、「よき家庭」という社会通念に中途半端に屈した結果が悲劇を招くに至ったのである。牧師の信奉するキリスト教は宗教というより道徳であり、既成の社会通念に奉仕する存在として捉えられていることは注意を要しよう。さらに、囲まれ、追いつめられる被害者であったハリーが、娘の死を引き起こす加害者でもあり得るという発見は「背後にある世界」の秩序を考える時、重要である。娘の死は責任という重い罠をさらにハリーに被せることになるのだが。

典型的な現代の若者として、多角的評価を必要とするハリーに対して、読者の反応はさまざまであり、妻子遺棄は絶対に許せないという態度などもあるが、[10] ジョイス・マークルは、

神、あの究極的なゴール、あの「ぼくに見つけてほしいと望んでいるなにか」は、人生において、ちょうどバスケットボールにおけるバスケットのようなものである。神は人間の平面のずっと高みにあって、しかも人間の行為に理由を与えている。人は他のプレイヤーの群を突破すること――絡みつく彼等の腕から抜け出すこと――によってのみ、そして高みに向かって跳ぶことによってのみ、神に至ることができるのだ。[11]

と、バスケットボールのイメージを使いながら、一途な志を曇らせる人間的要素、ことにキリスト教的ヒューマニズム、責任や倫理などのしがらみを捨て去ることこそ先ず第一に要求され

る行為であると述べている。

ハリーが、「万物の背後にあるもの」を神、しかもキリスト教的な神と考えていることは、この存在に対して否定的なイクレス師に対して、「その存在に確信が持てないとしても、ぼくには聞かないで下さいよ。あなだが御専門でしょう。あなたが知らないのなら誰も知りませんよ」(133)と言うことからも知られる。

一方、牧師であるイクレスはかえって神の存在を信じ切れない。彼は教区の面倒をよく見、人々の悩みを解決してやる。子供のソフトボールチームの世話もし、職業紹介もしてやる。しかしこうした外面的な立派さにもかかわらず内面には暗い虚無がある。彼には神秘的な神の存在が分からない。「牧師というよりは社会事業家として」[12]キリスト教的ヒューマニズムのレベルで彼は努力する。「われわれは神に仕えようと努めているのであって、神になろうとしているのではない」という彼の言葉には宗教の神秘的陶酔を信じ得ず、倫理的、道徳的要素にのみ信を置くという、近代的合理主義によって衰弱した宗教の現状が示される。

幼い娘を失った今、ハリーは再び事物の背後にあるものの意志をイクレスにたずねる。しかし牧師の答えは、残されたものを大切にし、義務を尽くすことによって赦しをあがなえという、あくまで人間のレベルに立っての指示であった。

「われわれは御赦しに向かって努力しなければならない。われわれはあらゆる物の背後に潜むものを見る権利を、努力して得なければならないのだ」(282)

イクレスは与えられた状況に柔順に、残されたものを守ることこそ贖罪の道であると教える。ハリーは暫くはこの教に縋るが、正鵠を射たものとは思わなかった。

キリスト教的ヒューマニズムにあきたりぬハリーには神秘主義的要素への傾きが一つの解答である。夢で、彼は空に同じ大きさの円盤二個が現われるのを見る。一方は濃い白色で強力であり、他方はやや透明なのだが、透明な方が白い方を掩蔽してしまい、青白く清らかなただ一つの円盤だけが彼の眼前に輝く。彼はこれを、月が太陽を飲みこんだのだ、つまりこれが死というものなのだと思う。

愛すべき生が愛すべき死に掩蔽された。(283)

このように解釈する時、死は生と等価値の、一つの現象にすぎなくなり、自責の念も薄れる。

月は最初からハリーと彼の周辺につきまとっていた。最初に紹介される彼の姿は大きな手が特徴的で、「彼の爪の半月は大きい」（4）と記述される。妻ジャニスの妊婦服のカットから覗く腹部は「白いスリップの三日月」（10）と見え、彼女の出産の知らせでルースを捨てて去る時、毛布を引きかぶっているルースの頭は「縮れ毛の三日月」（192）であった。ジャニスが入院した病院までの道のりを走ったハリーは、病院の駐車場の四角い上空に月を見る。彼の内心のしこりを映したような「天の石」（194）に彼は出産の無事を祈って、院内に入る。

もし、月を死の象徴とするならば、ジャニスの赤ん坊は最初から死の予兆に囲まれていたことになる。しかし、このような解釈は、生の意味を軽くする以外に何の意味も持たないだろう。暫く彼は現実の感覚を失い、自己の存在に意味を失ってしまう。なぜこの町の、この現実に執着するのか、という問いは、なぜ自分は自分なのかという空しさを生み、ついには、he is no one（284）という、確かなよりどころすべてから切り離された不安定な感覚に代わる。窓越しに外を見る時、彼は自分がガラスのしみになってしまったようにさえ感じる。宇宙はなぜこの汚い、ちっぽけな自分をあっさり消し去らないのかとさえも。しかし、彼はやがて神秘主義の罠からも脱する。運命論者になるには彼はあまりにクリスチャンである。

幼い娘の埋葬に参列したハリーは、墓地から三度目の脱走をはかる。彼の感覚にとって、葬式とは、神とも死者ともかかわりのない、生き残った人間同士の間の儀礼である。必ずしも仲の良くなかった自分の両親と妻の両親が、つつましく、しめやかに並んで悲哀を分かち、責任を認めあい、赦しあう様子を見るうちに、ハリーは共同責任の網目に搦め取られて、人間社会の日常性、常識性のうちに生きねばならぬ自分の姿に思い至る。自分に罪があると認めるのは世間的常識に屈することではないか、赤ん坊を殺したのはジャニス——自分に対立する力——のしわざではなかったのか。彼は共通の罪という捕縄で彼とジャニスを結びつけようとする力を悟り、言い放つ。

「ぼくを見ないでくれよ」……「ぼくはあの子を殺さなかったんだから」(295)

事実そのままの言葉のどぎつさで、彼は自分を周囲の共通の悲しみから切り離す。嬰児の死という悲しみを、他者と分かつことはできないと彼は悟ったのである。神秘的な記憶や充足の感覚を分かつことができないように。墓地から彼は遁走する。最も離脱の色濃い逃走である。

4

三度目の逃走は、最初の逸走同様にルースによって迎えられる。最初の逸走の時に彼はルースを知り、彼女によって一時期完全な充足を味わった。彼女と暮し、スミス夫人の庭園で働いた期間は、家庭、社会的責任などの現実から切り離された、また未来や過去などの時系列からも自由な「現在」であった。「太陽と月。太陽と月。時は過ぎ行く」（135）という彼の時間感覚によっても、人間社会が設定した、追いかけるような時間や日付けなどのシステムから解き放たれた、原初の感覚が示される。これはその前後の時間指定が詳細で、ハリーの車での逃走が時間や走行マイル数を強く意識したものであり、ジャニスの退院が金曜日、それから十日目に起こる悲劇、水曜日に葬式、と具体的に示されるのと対照的である。

事故の後三週間ぶりに再会して、ハリーはルースがいま妊娠していることを知る。赤ん坊を亡くしたばかりの彼にとって、それは救いと赦しの機会であるように思われる。しかしルースは、彼がジャニスと離婚して自分と結婚するのでなければ胎児を堕胎する、と脅す。幼いレベッカを失ったたばかりのウサギは、もう一人の子供を絶対に犠牲にしたくはない。しかし今ジャニスと離婚することは、できない。彼はこの子だけは生かして下さいと神に祈る。

「神様、ああ神様、いけません、もう一人なんて駄目です。あなたはすでに一人をお取りになった。この子は見逃して下さい」(304-5)

しかし救いの機会は、捕われの機会でもある。彼は自分が妻の出産を聞いて病院に走った時、同時にルースからも逃走していたのだったという事実に初めて気づく。改めてルースへの責任が意識される。社会的責任や道徳ではなく、女性としての素朴な要求が、ルースの手からハリーを捕える網として繰出される。苦境の中でも「妊娠って良い言葉だわ」(306) と素朴にいう彼女は、同じ単純さで「だから、あなたと結婚したいの」(306) といい、彼の決心を待つ。彼はルースに一度も答えてはいない。それすらも彼にとっては行動の自由を奪う捕縄なのである。妻とルース、イクレス師の説く道理と母親の好み、正しい道と良い道という秤にもかけられぬ複雑な二者択一を迫られて、彼が求めるのは第三の道、つまり四度目の逸走である。

ルースとの再会で彼が驚愕したのは、彼女の妊娠よりも、結婚要求よりも、彼女に自分の実体を知らされたことである。時に作者の代弁者となる彼女は、ハリーと、われわれとに、彼の正体を死神そのものだと暴いてみせる。赤ん坊を殺しておいて、平気でここに坐っているなんて、となじられてハリーが自分が殺したのではない、ジャニスがしたことだと墓地でと同じ抗弁を繰り返した時、彼女はいう。


「あなたは死神本人だわ。あなたはただのゼロじゃないわよ。ゼロより悪いものだわ。あなたは鼠じゃない、悪臭さえしないもの。悪臭を発しさえしないんだわ」

「おいおい、俺は何もしてないんだぜ。あの事故が起こった時、俺はきみに会いにこっちへ来ていたんだ」

「ええ、あなたは何もしないわ。あなたはただ死のキスを撒き散らしながらうろうろしているだけよ。出て行ってよ。本気よ。ウサギ!あなたを見ているだけで吐き気がするわ」
(304)

何もしていないということが無罪証明になるのかどうかの問題が再びここで取り上げられる。手を下さず、手を汚さず、自分ひとりだけ清潔そうにしてきたことこそ彼の糾弾されるべき罪ではなかったのか。何もしなかったことが周囲に破壊と死をもたらしたのではなかったか。彼は自己に対する幻想を捨て、使命感を捨てて、初めて現実の姿を見る。

俺の子供は本当に死んだのだ。俺の盛りの時は本当に終わってしまった。この女は本気で俺にうんざりしているんだ。ここまで分かるとその全部を引き受けなければならなくなって、その方向に進みながら、彼はあからさまに聞く。「堕胎手術は受けたのか?」(304)

エースであるという自己満足、そのために、何か意味あるものを見出そうと努めて来た生き方が死をふりまくだけのものであったと知った時、彼は自己が極小の存在に縮まるのを感じる。ルースの家近くにある教会の円花窓は、かつて何か神秘的な存在を象徴するかのように、ハリーが見据える時、暗黒の底に、奥のあかりの色を滲ませたのだったが、すべての幻想の去った今は、ただ黒々とした穴にすぎない。

彼の内面もまた暗黒である。深く入り組んだ網目に捕えられた暗黒の空間でしかない。しかし自己を無力なものと悟ることは、ハリーにとって新しい活路になった。試合の時に、ボールをパスしてしまうことによって、窮地を脱することができるように、彼は自己を無価値な、極微の存在に見せることによって追手を欺き、人間社会の義務や責任の張りめぐらした捕網、未知の力が用意した罠から身を縮めて逃れ出ようとする。彼の最後の遁走は、以前のそれのように自己発現、あるいは自己主張の走行ではなくて、自己抹消を装う遁走である。

ここで、登場当初から、ハリー・アングストロームは、以前ウサギというあだなだったと紹介されているが、作中で登場人物からはウサギと呼ばれるのはここで、ルースに呼ばれるのが最初であることに注意したい。アルバイトで身体を売る娼婦、金銭で肉体を許す女として、ハリーは彼女を軽く見ている。セックスの場面においても、高慢な態度を見せ、妻にはできない要求を彼女にはする。この高慢さと、自己中心性をルースは見逃さない。自分だけ小奇麗であればいいのでしょう、いつも自分がいい子でいたいのでしょう、という、ジャニスに言われたと同じ言葉がそのまま、ルースの口をついて出る。彼はルースが避妊具をつけることを許さなかった。結果として彼女は妊娠したのだ。これは『ケンタウロス』においてクロノスがピュリラに対して行ったと同じ、男性による一方的な生殖行為であるといえよう。彼女は妊娠を脅迫の武器として使う。さらに彼女は子供に関する情報をウサギに漏らさない。彼女は堕胎手術を受けたのか否か、ウサギにはもう一人子供がいるのか否かは、『走れウサギ』においては読者にも分からない。ただ、ルースが田舎の両親の所に相談に行ったことからすると、産む気なのだろうと、推測するばかりである。ジャニスを取るべきか、ルースを取るべきか、つまり規範の中で生きるべきか、逸脱すべきなのか、ハリーには分からない。岐路に立って、彼は走り始める。彼は自分が無限に小さくなったように感じる。しかしウサギは世間の常識や義務感の網の目をくぐって逃げ切ることができるだろうか。神の目をくらまして人間は完全な自由を手に入れることができるだろうか。「ウサギは臆病で、知的ではなく、訓練できない小動物で、多産の習性が知られている。よく逃走するが、その時はサークルを描いて走る」[13]と、いう見方もあるのだが。小説の最後はウサギの狡智を尽くしての遁走を高みから眺めて発する「おお、走る、走る、走れ、走れ」という、揶揄とエクスタシーをこめた讃嘆であるようにも思われる。彼をウサギと見る目が高みにある限り、ハリーの逃走はまた、「連れ戻される」という形を取るだろう。ハリーの逃走を嗟嘆して眺める者の存在は再びあの巨大な第三者、存在するが何もしない神のことを思わせる。そしてその姿はウサギを造り出したもの、造物主、即ちアーティストとしてのアップダイク自身に重ねられて行くのである。

ルースが「死神本人」と罵って後、ハリーは急速にウサギになって行く。四方を囲まれ網をかぶせられたウサギは、すべてを捨て、身を縮めて遁走をはかる。やがてウサギは縁石まで来る。横断歩道へと一区画歩く代わりに彼は縁石から降りて通りを横切る。ケンタウロスのようにつまずくことなしに彼は走る。

　手がひとりでに上がり、風がもう耳に当たるのが分かる。かかとは最初のうちは重く歩道を打っているが、なにか甘美な恐怖を集めて次第に軽く、すばやく、静かに、走る。ああ、ウサギは走る。走る。走る。(309)

第三章　『帰ってきたウサギ』――どこに帰ってきたのか

1

　アップダイクの長編第七作『帰って来たウサギ』は一九七一年秋、『走れウサギ』の続編として上梓された。『走れウサギ』出版の十一年後である。単独の作品としても十分に重いこの小説は、続編という形を取ることによって、さらに別種の問題を読者に提起した。作品を迎えた文芸批評のいくつかも、まず、続編というものの文学的意義について論じている。ニューヨーカー誌のブレンダン・ギルのものは最も好意的で、アップダイクがこれまでつねに大胆な文学上の冒険を行ってきた事実を認め、さらに連作という困難にあえて挑んだ勇気と、この試行に成功した技量を高く評価している。[1] ギルにまつまでもなく、連作は、利点もあるが、問題点も多い。前作との比較が避け難いこの形態にあっては、作家はともすれば意識過剰に陥って、作品の自由な動きが封じられてしまう。自己模倣という陥穽もある。リックスはこの点をついて、『走れウサギ』の成功がアップダイクの自意識を過剰にさせたと論断し、「ウサギ」を再び登場させた芸術的理由が不明であり、続編の存在が、優れた前作にむしろ遡及的ダメージを与えるのではないかと述べている。リックスは『帰って来たウサギ』が巧緻をきわめた作品であることを認めながらも、作品の隅々にまで至る異様なまでの精巧さが、作者の自意識過剰に由来するものであると批判している。彼は作者が過度に細部を注視したために、主題に集中すべき注意が拡散し、結果として読者の理解も混乱するのではないかとおそれたのだった。[2]

しかしヴェトナム戦争と国内における反戦運動・人権運動・女性解放運動に揺れた一九六九年を背景として、過激なキャラクター、言葉、行為を書き込んだこの作品は、ピュリッツアー賞を受賞し、アップダイクにウサギ連作という目標と自信を与えた。このとき彼は十年後に『田舎のウサギ』、さらに十年後に『金持ちになったウサギ』を書くと公言している。実際は『田舎のウサギ』を抜かして『金持ちになったウサギ』、そして『さようならウサギ』が書かれ、それぞれが各種の賞を得ているのである。

『走れウサギ』におけるハリー・アングストロームの模索は「ぼくは感じるんですが、つまり、どこかこうしたものすべての背後に」…「何かぼくに見つけてほしいと望んでいるものがあるんです」（*RR*, 127）という言葉が示すように、日常現実の荒廃にあきたらぬ姿勢、どこか現実の被膜のむこうに神ともいうべき絶対的真理が存在するにちがいないという信念、さらにそれを発見するのは自分に課せられた義務であると確信する自負によって特徴づけられていた。この信念のために彼の遁走——妻ジャニスの退廃によって、過去の美を否定し、現実を認識するように強いられることからの、また赤ん坊の死を通じて、責任や罪障意識という人間社会の規律に束縛されることからの、また周囲の沈滞に染まることからの離脱——はその行為自体として価値のあるものであった。

ジェイムズ・ミラーは『ライ麦畑で捕まえて』批評において明快に模索の主題を聖盃伝説にまで溯って論じた後に、受容と安定を求める模索——たとえばイーニアス、ブルーム、ギャツビーらによって示されるものと、逆に受容を蹴って脱出し、安定によって歪められない真理を求める探索——たとえばディダラス、ハック・フィン、イシュマエルらによって行われるもの、という二つの型を設定した。[3] 必ずしも截然と分けられるものではないが、かりにこの概念を受けいれてみる時、前者の型が一般読者に受けいれられやすいことは、文学作品においても現実においても同様であろう。多くのビルドゥングスロマンはこの型の主人公を持ち、探索の挫折も成功も読者の抵抗に遭うことが少ない。この型の模索は現実の多くの人間の願望の型にそうものであり、プロテスタンティズムを始めとする支配的なモラルとの協調もしやすいために、読者に一種の安心と共感を与えるのである。

　逆に離脱を求める後者の型が読者、批評家の抵抗に遭いやすいのも当然である。かれらは小説に描き込まれた社会から離脱することによって、われわれ読者の日常性、平均的モラルを突き崩すのであるから。ジョイスのスティーヴン・ディダラスが「鼻もちならぬ」[4]若者と評されるのはこのためである。サリンジャーがホールデン・コールフィールドに異様な外貌——ひどく痩せて背が高く、十六歳というのに左頭部が白髪であるなど——を与えたのは、むしろ作者の配慮であるといえよう。ハリー・アングストロームも離脱を求める探究者である。臆病だが機敏なウサギである彼は「沈黙と奸智を武器として」[5]責任を払いのけ、脱出を成功させるかに思われた。『走れウサギ』の終末はひたすら走るハリーの姿を写している。

　しかし同じような探索を期待する読者は、『帰ってきたウサギ』において完全に裏切られる。『走れウサギ』から十年後の一九六九年、三十六歳になった「連れ戻されたウサギ」は、もうウサギと呼ばれる必然性もないほどにその特異な個性を喪失し、走ることもなく、胴廻りの太い、白い、バターのような図体のライノタイプ工になっている。若い頃嫌って逃げたこの職業につき、父と同じ工場に働いているということは、彼の模索が実りないものであったこと、現実を受けいれる以外に生きる道がなかったという残酷な事実をあからさまに示す。ギルはこの著しい変貌について

> 二十六歳のウサギに予定された運命は、最初想像したよりもずっと痛ましいものとしてわれわれの心を打つ。というのは、三十六歳の彼に出遭った時、われわれは走り、走り、走ったこの間の歳月がどんなものだったかを知るのであるから。[6]

と評して、「走れウサギ」のハリーに「遡及的」同情をよせるとともに、全く語られないこの空白の十年間がどのようなものであったかを読んでいる。しかし二作を共時的に所有できるわれわれは、この二作の相違に、もうすこし作者の作為を嗅ぎ取っていいのではないだろうか。

サミュエルズは

正編の筋を意識的に裏返すことによって、アップダイクはこの燃えがら同然の男の物語を現代のまったただなかに投げ込んだ。[7]

と述べ、『帰って来たウサギ』を『走れウサギ』の意識的なパロディと読むことによって、この挫折者の物語に新しい意味を見出そうとしている。確かに、前作がハリーの家出で物語の動きが始まるのに対し、続編は妻ジャニスの家庭からの逸脱で筋が動き出し、ハリーの逃走は嬰児レベッカ・ジュン――ネルソンの妹――の死を招き寄せるのに対して、ジャニスの逸脱は、家出娘ジル――ネルソンには姉の様だった若い女性――の死を招き寄せる、というように、角度を変えたさまざまの対比が刻まれる。このような意識的な裏返しやパロディが、われわれをどこへ導こうとしているのか、作者の意図は必ずしも定かではないが、十年の空白を蝶番にして結ばれたこの二作品が、二枚の歪んだ鏡のように互いの像を乱反射させている、その映像の氾濫の中に現実の姿を見出すことができるのである。ジルが語る

物質は精神の鏡。でもそれは立体的なのよ。なにか大きな部屋、ダンスホールみたいな、ね。そしてその中には別の小さな鏡があっちこっち傾けて置いてあって、違う方に光を反

射しているわけ。だって覗き込む大きな鏡には、そういう小さい鏡はただの黒いしみなのよ。小さな鏡に神は自分の姿を映すことができないんですもの。[8]

という言葉のなかにアップダイクの世界観を見たいと思う。

2

『帰って来たウサギ』においてわれわれはまず、主人公ハリー・アングストロームの激しい変貌に驚かされる。他の主要人物がきわ立った性格的変化をとげていない中で、ハリーの変化は異様なほどである。外界の刺激に敏感に反応し、自己の求心的統一を守ろうとした『走れウサギ』のハリーに対して、この作品では行動しない姿勢が際立つ。妻の姦通から家出に対しても、ヒッピー少女ジルが過激な黒人青年スキーターによって壊されていくのに対しても、放火による自宅の焼失、その際のジルの焼死などに直面しても、彼は奇妙に傍観的で、行動しない。彼自身の肉体が、女性に対して適切に行為しない。作品が大部な割に静的であるのは、このように、ハリー自身が行為者として筋や情緒の中心となって動かないからであろう。

ハリーの変貌は父親の世界への接近を意味する。「運命づけられた人生に対して利口すぎる」意志的な口許をし、ハリーの上に夢を抱き、ハリーの半生に支配的な力を持っていた母は、パーキンソン病にかかり、ほとんど人間としての活動の自由を奪われ、しかも薬によって死を引きのばされている。母の影響力が失われた今、ハリーは人生の現実を受容する父アール——父というより友人なのだと自分でいう——の世界に近づき、柔和、無表情、無性格、聡明などの特徴を父と分け持とうとしている。

ウサギの行動を縛る強い要素は彼自身の過去からも紡ぎ出される。十年前のハリーは、高校時代のバスケットボール花形選手という栄光を過去として背負っていた。その栄光が薄れた今、彼が荷っているのは、十年前に起こった、まだ嬰児だった娘レベッカ・ジュンの溺死という記憶である。

それからの長い年月のうちに、彼がその悲しみを受けつぐ唯一の継承者になってしまった。もう一度彼女を妊娠させることを拒んでから、殺人と罪とはすっかり彼のものになってしまった。最初彼は気持ちを説明しようとした。彼女とのセックスがあまりに暗く、あまりに生真面目で、あまりに死に似て来たために、そこから生じるものは何一つ信じられ

なくなったのだということを。(36)

自分の責任ではないのにと、かつて埋葬の場から脱走した彼は、以後、妻とのセックスを絶つという形で贖罪しようとしたのだった。それ以来ジャニスとの間はいまだにぎくしゃくしている。しかしこのような贖罪の方法は、そのときの恐ろしい記憶も色あせ、あの時あの部屋にいたのは自分ではなくて自分の幻だと感じるというジャニスにとっては、ハリーの独りよがりの聖者ぶりとしか思われない。現実のなかに律を見出そうとするハリーの努力を、ジャニスは「古くさい」とわらう。

「たぶん彼は古くさい理由のためにあたしのところに、ネルソンとあたしの所に、帰ってきたのよ。そして古くさい生きかたをしたいと望んだんだわ。でも今じゃ誰もそんな生きかたをしやしないし、彼もそれは感じているのよ。彼は人生をあれこれのルールに当てはめようとするんだけど、今じゃそんなルールは壊れていくばかりで無駄だってことを自分でも感じているの。彼は何かを捕まえそこなっているといつも思っているの。それでいつも新聞を読み、テレビのニュースを見ているのよ」(53)

受容を求める型の模索は、受容し、満足を与えるべき社会の規範が崩れ去っている時、目的を失い、失望し、途方に暮れる。逆に独自の価値体系を信じて、沈滞した周囲から離脱する型の模索は、飛翔を妨害し抑圧しようとする強い力が周囲にない場合、無意味とも滑稽とも感じられるだろう。いま、ハリーを取巻く社会は急速に崩れ、変貌しつつある。彼を抑えていた父母親族の力は弱り、モラル、社会通念、宗教の圧迫もない。禁忌のほとんどなくなった、箍の外れた世界で、本来離脱者であるはずのハリーが「父」として律を設定する役割を荷うのである。

ハリーを取巻く物質世界は急激に壊れて行く。ブルーワーの町は都市再開発事業のために取壊され、様相を変えて、『走れウサギ』のケジャライズ通りのような、回想をさそう神秘的な回帰の原点はどこにも見当たらない。家の中には化学製品がごろごろし、手になじまぬままに古びて行く。オレンジジュースやTVディナーは化学薬品の味がする。そしてテレビの写し出すものは、宇宙船月面着地の光景であり、ヴェトナム戦争の惨状、ニューヨーク市の黒人暴動、学生デモなど、ハリーの内面とはかかわりなしに雑駁に変化して行く社会の様相である。しかしハリーは変化を正しく捕えてはいない。ジャニスやネルソンに対して抱いている観念も、実体とは外れたものである。

『走れウサギ』の終局で、ハリーは息子ネルソンをただひとつ彼にとって確かな存在と考えた。この感覚を彼は今も抱き続けていて、彼はネルソンを愛している。しかし少年というものも昔とは異なって来ていることにハリーは気づかず、自分の少年時代を息子のそれに重ねようとする。父として自分の信念を押しつける立場にあるハリーの錯誤は、やはり滑稽の感を否めない。昔、夏の長い一日、少年たちは戸外で群がって、日の落ちるまで遊んだものだった。今ネルソンは昼間から家に閉じこもってテレビを見ている。バスケットボールに熱中した自分の少年時代の記憶から、ハリーはどうしたら息子がスポーツを好むようになるだろう、と心を砕く。「なにかいくらかでも後に残るもの、何か満足を与えてくれるものを見出すように」(25)と心を砕くハリーに対してネルソンはこのごろはスポーツははやらないいんだと利口に言い返す。

「ぼくはパパみたいにスポーツが好きじゃないいな。スポーツって競争、競争だもの」「それが人生さ。骨肉相喰む、とね。」「パパそう思う? どうしてこう、やさしく行かないんだろう。みんなが分け合えるほどものはたっぷりあるんじゃないの?」(76)

そして気がつくとスポーツ自体が以前とは違って来ている。ネルソンを連れて野球を見に行った彼は、偉大で繊細で、孤独で、白熱的だった圧倒的な感覚が球場から消え、選手たちも帰属するものへの忠誠を失って、冷え冷えとした専門家の個人プレイになっていること、観客にも熱狂を作り出す力が失われていることに気が付く。反撥し、跳躍するにはウサギの立つ足場はあまりに脆くなっている。

こうした彼の状況を理解しているのはやはりジャニスである。『走れウサギ』において、夢を追い、過去の充足の復活を願うハリーと強力に対立したジャニスは、この作品では行動する存在としてハリーの非行動の対極に立つ。彼女は父親の自動車会社で働くようになって、本来の自己を回復したのだ。父から株券を貰って、経済的にも強くなった。幹部社員チャーリー・スタヴロスと肉体の関係を持つようになって、自信を得たのだ。彼女はハリーが営々と努力を続け、戦いを続けていて、しかもそれが空しいものであると知っている。彼女が手にする株の配当金の方が、彼が勤勉に働いて得る報酬より比較にならぬほど多いのだ。彼の母は高校時代のハリーが毎日どんなに一心にバスケットボールの練習をしたかを自慢するけれども、それは現在何の価値もないことである。勤勉のモラルで押し切れる時代ではないことを彼女は悟っている。過去を向いて、死んでしまった価値に取りつかれ、死をのみ求めているようなハリーに彼女は耐えられない。生まれてから、娘らしくなり、結婚し、子供ができ、おばあさんになって、寝込んで、死ぬんだ、と女の一生を要約して、"How silly. How silly it all is."（55）と呟く彼女がスタヴロスと関係を持つのは、死を志向した生真面目なハリーにはない、生を愛し、楽しむ要素をギリシア系の彼に見出したからである。しかし情事があきらかになった時もハリーの非行動性は解けない。子供にさえ知られなければ自分は構わない。勝手に、好きなようにやったらいいという無感覚な彼の反応に対して、彼女は絶望的な行動に出る。家を出てスタヴロスの許に走るという彼女の行動が、「帰って来たウサギ」の世界の幕開きであり、これをきっかけに、ハリーの閉じた世界は解体に向かうのである。

3

外界の事象がほとんど持ち込まれなかった『走れウサギ』とは逆に『帰って来たウサギ』には現代の風俗、歴史的事実などさまざまの外的要素が導入される。カラーテレビは宇宙船内部や月面の状態、そしてテディ・ケネディが秘書の女性を溺死させたというスキャンダルなど、ハリーとは異質のショッキングな事件を映し出す。しかしテディのスキャンダルは六年前のケネディ大統領暗殺のニュースのような強烈な破壊力とはならず、初めて人類の目にさらされた月面の荒涼とした世界も、地上の荒廃と大して変わらぬようで、ハリーの沈滞を揺がすには至らない。「静かに降り出した雨が窓を濡らし、彼らを封じ込める」(240)が示すように外部から降り注ぐさまざまな事象は、かえって内部世界を固めるばかりで、殻を破る働きはしない。

ジル、スキーターらの若い、「走っている」世代が導入される第二、三部においては、内容、形式ともにさまざまな異分子が小説のテクストにも乱入し、ハリーの世界はさまざまの異なった目にさらされる。若い黒人ラディカルという形でウサギの棲みかにもぐりこんだ外部の破壊力は、ラディカルな歴史観、新しい社会思想、過激な性行為、麻薬という形でウサギを攻め、外部の白人社会の暴力は放火という極端な形でハリーの家という「悪の巣窟」を破壊し去る。しかしハリーの不行動は本質的には変わらない。事件を機にハリーの家庭は元に復するのだが、彼の状況は、彼の男性としての機能を含めて、動かないままである。異分子の乱入によって自我が破壊されるのは恐怖である。しかしどのような乱入によっても自我が壊れない、どのようなゆさぶりに遇っても自我の厚い殻が感応しないと知ることもまた別種の恐怖ではあるまいか。「ミュージック・スクール」においては、外部から発射された偶発的な一発の銃弾が、家の中で、家族と一緒に朝の食卓についていた善良な中年のコンピューター技師を殺害しているのだが。むしろ社会が走り、個人はうずくまって家と自我を護るのが六〇年代だったのだ。

社会と主人公とのかかわりということについて二つの作品（『走れウサギ』と『帰ってきたウサギ』）を対比させる時、重要なことは、今度の作品において主人公がもう走らないということにとどまらない。重要なのは社会のほうが走っているということなのだ。安定沈滞した社会の中を反抗する個人が走るのが五〇年代の小説であったのに対して、流動変容する社会の中の家を守る個人を描くのが六〇年代アメリカのこの小説なのだ。「世の中は流砂だ。まっすぐな道を見つけてそれをふみはずさないようにしなければ」（三二頁）というのが、かつてジグザグ運動をしていた同じ人間の、しかしいささかも滑稽ではない現在の一家の主としての決意なのだ。[9]

『帰って来たウサギ』の一年前に出版された『ベック氏の本』中の一編「ベック氏据え膳を喰う」は筋の運びに『帰って来たウサギ』への準備が感じられる。スランプに陥った作家ヘンリー・ベックが避暑地で昔の教え子に出遇う。ヒッピーめいたこの青年はぬけぬけとベックが借りているリゾート・コテイジまで押しかけて来る。この青年に彼の同棲中の女性ノーマが興味を持ったことから奇妙なマリワナパーティが始まり、敏感で幻覚を起こしそうなノーマが幻覚を起こさず、ベックは気分が悪くなるという騒ぎのうちにベックと、ノーマの妹——美人の姉に似ず愚鈍で醜いベアトリスが結ばれてしまうという喜劇で、この中に、麻薬常習の若者を家に入れる、結果としてその異分子が主人公の運命を思わぬ方向に動かすという、『帰って来たウサギ』とも共通の型が見出される。

ハリーの仕事はヴェリティ印刷の工場で、週刊紙『ブルーワー・ヴァット』の組版をすることである。日刊紙が全国ニュース其他固い記事を扱うところから、『ヴァット』はもっぱら通俗的な町のニュースやごく地域的な出来事を追う、需要の少ない、従ってマス・コミ時代の波に消されようとしている低俗な小新聞である。『ヴァット』の口調はハリーの意識下に入り込んでいて、もう一人の彼自身のように彼の行動を時にユーモラスに、時に自嘲的にコメントするという、ジョイスの『ユリシーズ』第七挿話を数歩進めた形式がとられる。

同僚ブキャナンに家庭内のことを聞かれたハリーの頭に浮かんだ「記事」はゴチックの見出し、斜体の小見出しと字体まで定めた VERITY EMPLOYEE NAMED CUCKOLD OF WEEK. *Angstrom Accepts Official Horns from Mayor.* であった。(102) 自己の意識、行動を記事にして客体化する作業は、密閉された自己内部を客観の目の下にさらそうとする努力であると同時に、自己を素材としたパロディに熱中する自己中心性のあらわれであるといえよう。『ヴァット』

の記事は、さらにハリーの意識を通さぬ「事実」として叙述に織り込まれ、作品の構成を複雑にする。これは物語主部のナレーションとは別の視点の存在を示唆する新技法であって、ハリーに近い視点とは別に、浅薄なセンセーショナリズムの視点が存在することを読者に教える。読者の視点は必然的に登場人物の周辺から作品全体の構成を見渡す高みに引上げられて、先に引用した立体的な鏡の比喩、互いに映像をうつし合う小さな鏡のおかれた鏡張りの広間を、大きな顔が覗いているという比喩を『帰ってきたウサギ』の世界自体への自注であるように感じさせる。

事実の直接的伝達という役割をも荷う『ヴァット』の記事は、登場人物についての客観的ディテールを読者に知らせ、またハリーがはっきり認識していない事実を読者に伝えるという責務を果たして作品のナレーションを立体的にする。さらになにげない記事を装って人物や事件に対する辛辣なコメントを与える役割を果たし、またハリーの内部世界と外部世界を効果的に対照させる。たとえば六十七歳の老婦人に対する暴行傷害事件を報じる記事は「もう自分の家の中でも安心してはいられません」(154)という言葉で終っている。スキャンダル紙特有の誇張した書き方であるが、この後ハリーの家の中で起こる烈しい非日常的な葛藤に対する予告であるといえよう。しかし「家」とは何なのだろう。

同僚の黒人ブキャナンに誘われて、彼等が溜り場にしている場末のバーに行ったハリーは、白人の少女ジルを押しつけられる。彼女の家は裕福な上流階級なのだが、父親を亡くし、母は新しい男を追いかけ歩いていて家庭は機能を失っている。十八歳の家出娘ジルもまた、帰属するところを失った離脱者なのである。彼女は「自分の家の中で安心してはいられ」なかった一人であり、彼女を受けいれることによってハリーの家も安心していられる場ではなくなっていく。黒人バーでマリワナを吸うという初めての奇妙な経験をした彼は、自分と自分の家がどんなに枯渇した生気のない存在であるかを悟る。すべてが温かく濡れて、なお生まれ出ようとしているのに、彼と彼の家庭だけは冷たく干からびて「空虚なペン・ヴィラの住宅地に、乗り捨てられた宇宙カプセルのように無意味に回転している」(132) のである。

ジルを家へ入れた後もハリーの非行動性は変わらない。彼女を家に入れた事が引き金となってジャニスは和解をほのめかし、スタヴロスからも自分がジャニスという荷物を背負いこむ義務はない筈だという申し出があるのだが彼は取り合わない。しかし逆に母が、この町を出て南へ行きなさい、「走りなさい、ブルーワーを出なさい。いったいどうしてここへ帰ってなんか来たんだろうね。ここにはもう、何もないよ。…ハリー、過ぎたことをとやかくいってもはじまらないよ。人生にノーと言っては駄目。…お前が幸せで絵葉書でも送ってくれるほうが、そこにでくの坊みたいに座っていられるよりいいわ…。生まれ変わるように祈りなさい。自分が生まれ変わりますようにって」（197-98）と励まして、行動を促すとき、ハリーはそれを無謀な夢として耳を貸さない。母の要求はジャニスを殺せ、ネルソンを殺せということだと彼は思う。「自由とは殺人のこと、再生とは死のことだ」。（198）自由を求めて家を捨てた結果が幼い娘の死を招いた記憶はまだ彼を縛っている。「町を出なさい」という母の言葉をうけ流して来たと聞いてジルは「あんたって嫌な人ね」という。彼女にも普通の女性としての感情がハリーに対して芽生えて来ているのである。彼の母に会えたら、と言い、ジャニスに会えないものかしらという言葉、「あなたが好きになって来たみたい」という言葉にも、ジルの中に動いている感情は明白なのだが、ハリーは「とんでもない、止してくれよ」と取り合わない。彼はジルに対して「月の子供に対する地球の男」（202）のような違和感を消し得ないのである。かつて性をなかだちとして、初対面のルースとの間にも豊饒な時間を作りえたハリーであるが、今は築き上げた僅かばかりのものを手放すまいとする警戒心が行動の先に立つ。以前の彼に特徴的であった探索の姿勢も、自負も、平均的中級市民である彼の意識からは消えている。

ケネディからジョンソン、ニクソンへと至る政治の衰退、ジャックリンの再婚からテディの惹き起こしたスキャンダルに至るケネディ家の堕落、偉大な成功のようではあるが、人間の本源から切り離されて、妙に侘しく行き所のない月着陸船、トヨタに押される経済面の凋落と白いアメリカの不毛などと、無力な衰退のさまが呈示される現代にあっては、白人の間の実りある関係は結ばれ難いのだろうか。性は人間同士の状況を示す効果的な手段としてアップダイクの作品に多く用いられるのだが。妊婦や嬰児や幼児がわずらわしいほどに多く登場する前作『走れウサギ』や『カップルズ』に較べて、この作品に示される、結びつけ、生み出す力を失った性の枯渇は驚くばかりである。若いジルもすでに愛と性の枯渇を経験している。コネティカットでの彼女の恋人は麻薬に溺れ、人間的な愛の本質から外れて、彼女にヘロインを注射するという関り方しかできなかった。ロードアイランドの水泳救助員であったというこの青年は、短編「水泳救助員」を想起させる。神学生で、夏の間海浜で水泳救助員のアルバイトをしているこの青年は、肉体的にも精神的にも人を救うことを自分に課せられた責務として、気負った姿勢で、救いを求める美しい声を聞こうとする。しかし「いつの日にかぼくの機敏さは実を結ぶだろう。水平線のあたりから起こる、甘美な、透明な、水の上をわたる緑の鐘のような、助けを呼ぶ声。残念ながらまだ聞いたことはないのだが、あの、助けを呼ぶ声が」[10]という陶酔した言葉遣いと、死に瀕して助けを呼ぶ声を「甘美」と捕える姿勢は、麻薬常用者の恍惚状態に直結する。ジルの白いポルシェはそのような東部上流階級の、自分を高みに置いた意識を象徴するものであろう。しかしネルソンは白いポルシェが気に入った。彼女はネルソンに運転を教える。

ネルソンは車がすっかり気に入り、毎朝、車が置いてあるのを見ると、泣き出しそうになるほどだ。ネルソンは車を洗う。彼は説明書を読み、タイヤを取りかえる。新学期が始まる前の、空が澄み切った一週間、ジルはネルソンを田舎の、ブルーワー郡の農場や丘陵へドライヴに連れて行く。彼女はネルソンに車の運転を教えているのだ…。

「パパ、…エンジン・ブレーキって知ってる?」
「いつも使っているよ」
「ブレーキを使わないで、アクセルだけもどすんだよ。気持ちがいいから。ジルのポルシェは五つくらいギヤがあるし、重心が凄く低いから、カーブのところなんか、ほんとに、一気にぶっ飛ばせるんだ」(162)

アップダイクは相似形を重ねることによって隙のないリアリティを構築する作家であるが、

ハリーに絶望してスタヴロスに走ったジャニスの行動をなぞるように、ジルもハリーを動かす試みに挫折して、彼女を求める黒人青年スキーターに自己を与えることになる。ただし、彼が動かないことによって、ネルソンには家庭らしい雰囲気が与えられていたのである。

4

枯渇し、凍りついた白人に較べて、黒人には肉体の力がある。バスの中で行儀悪く騒ぐ彼らは、騒ぐだけの動物的エネルギーを保っているのであり、黒人のバー、ジンボーズには笑いと音楽と楽しそうなざわめきが溢れている。陽気なアメリカは黒人の間にだけ残っているように思われる。しかし怒れる黒人反体制運動家のスキーターにはこのような陽気さは全くない。ヴェトナム帰りの彼はアメリカの現実に怒り、黒人の歴史に怒り、白人に対して怒る。その狂暴さと直線的な行動がこの作品の中で彼を際立って動く存在にしているのである。

「あいつら（白人の若者達）は反キリストだ。あいつらはヴェトナムの中に神の顔を見つけ、それに唾をひっかけるんだ。インチキ予言者ども。ああいう野郎どもが殖えて来ると、時は近し、ってことが分かるよ。恥知らずの大衆、巧妙な武器、白痴礼賛。死文化してないのは汚職保護法だけ。アメリカはまさにローマ帝国だ。で、俺が新暗黒時代のキリストなんだ」(276)

マークルは、疑問を呈しながらも比較的素直にスキーターのキリスト的役割、少なくとも周囲の人間に変化を与えるカリスマ的要素を認めている。[11]『走れウサギ』のハリーを聖者と見、スキーターをそのハリーの延長と見る彼女の立場から導き出された結論ではあるが、やはりスキーターはイクレス牧師、トセロ、フレディ・ソーンらの偽キリストの系列に置くべきであろう。説得し、導き、引き込もうとする存在は、アップダイクにおいては常にうさん臭いものなのである。しかもスキーターの反白人・反圧制の感情の爆発は、強いエネルギーは持つものの、新しい価値体系を持たないのである。ジルに黒人の奴隷娘の役をふり当て、自分が白人の奴隷所有主の役割を演ずるという彼の発想は、単なる復讐の価値しか持たない。ただ、それを見るハリーが「黒人化する」ところに、ハリーの狭く閉ざされた自我を広く稀薄にするところに、価値が認められるのである。

スキーターを「黒い蟹」と呼び、神とは見なかったジルが彼の世界に引きこまれて行くのは、一つにはハリーの不行動に絶望したからであり、一つにはスキーターの麻薬に釣られたからである。しかし彼女がスキーターの破壊欲を満たし、彼の望むままに破滅を演ずる redemptor の役割を果たしていることには注意しなければならない。彼女はスキーターの、と同時にハリーの破滅願望をも体現して壊れて行く存在である。「すべてを与える」という彼女の言葉は、彼女のキリスト性を示唆するものとして記憶すべきである。『ケンタウロス』においてはヒッチハイクの浮浪者に、大切な手袋を持ち逃げされた父コールドウェルを、ピーター少年は「パパは何でも与えるんだ」と理解し、そのキリスト性の暗示を読んでいる。

「だって、人がわたしに欲しいって言うものは何でも上げなくちゃならないの。どんな物でも自分のために取っておくってことに興味ないの。何だって、とにかくみんな溶けてひとつになるんですもの」(214)

一同がジルの車で遠出し、オイル切れからエンジンを焼いてしまった時、スキーターは自分を警察に渡すつもりだろうとわめき、ハリーは彼を車の外に出したいと思いながら、刺されるのではないかと疑って手が出せなかった。幾晩も一緒に一つ屋根の下で過ごして来たのに、黒人が真先に考えつくのは裏切られるということなのか、とハリーは思う。この事件の後、ジルが急速に破壊へと進むことからも、彼女の、求められるものすべてを与えようという、贖い主の役割は明らかである。

ハリーのスキーターに対する異様なまでの寛大さは、ジルに対する冷淡さとともに批評家の注目を引いて来た。上流階級の娘ジルをハリーは憎んでいて、その憎悪と、スキーターの白人憎悪が一致したのか、麻薬によって幻覚を見る彼女を通して神に触れたいという願望からジルを犠牲にしたのか、ハリーはアメリカ同様に疲弊していて、残酷さによってのみ活気づくのか、などの疑問をサミュエルズは提出している。しかしスキーターを『走れウサギ』のハリーの線上に置いて考える時、両者が近接していることが納得される。ウサギを極端にした形でスキーターは、自己の信条に唯我的に集中し、周囲を省みない。火事の時には自分ひとり脱出して彼女を焼死させてしまう。ハリーに責任を問われても、自責を感じる様子はなく、差し出したハリーの手に唾を吐いて逃げて行く。しかもハリーは彼の遁走をむしろエクスタシーを感じながら見送っている。

一見柔和で無気力なウサギであるが、内に暴力的要素を押しかくしている事は、ジルやジャニスなどという彼の自我の殻を揺すぶる存在に対して狂暴な態度にでること、荒い言葉遣いをすることによっても、明らかである。逸脱を止め、ウサギの本質を抑制して秩序の中にいるハリーにとって、彼の内面の暴力的要素、秩序無視、逸脱をそのまま表現したようなスキーターの荒々しさは、強い魅力だったのであろう。感情の高ぶりがそのまま肉体的表現となるスキーターの身体も、精神同様肉体も「死んでいる」ハリーには魅力である。自己の内にあって圧死寸前にあるもう一人の自己、すなわち自由に走り、逸脱する自己を、彼はスキーターの内に認めたのである。ハリーはいま行動せず、見ることを行動の代償としている。

行動せず、見ているだけという不気味な存在が『走れウサギ』の神であった。そしてこの「見る」「見られる」という行為ないし状況は『帰って来たウサギ』の主要なモティーフの一つである。たとえば『走れウサギ』において神秘的な力を持っていた月は、いま月着陸船に踏まれ、神秘の力を失ったかに見える。しかしテレビ報道によって人々は月を見、月は個人の生活を以前にまして覗きこめるのである。月面上の飛行士を地上の人間は見る。しかし見ることに、この場合何の力があるのだろうか。スキーターの肉体の動き、スキーターとジルの過激な性行為のポーズをハリーは暗闇の中でじっと見る。明かりさえつけようとする。それが、窓の外にいて室内を覗き見する誰かがいることをも明らかにするのである。見るという行動は自己の肉体を安全圏内に置いたまま、激しい行動に参加することであろう。見ることによって自己が損壊されることはなく、好奇心という自我の一部だけが僅かに満たされる。しかし全人的に満たされぬ自我は防壁を厚くしながら、いわば安全な参加というべき、見るという行為への欲求を増大させて行く。現代と現代の人間の不毛は、見ることを行動の代償とするハリーの態度に明らかである。

えたいの知れない黒キリストのスキーターであるが、彼も父と子という連関の輪の中につながれ、ブルーワーという土地につながれている。スキーターはハリーと同じブルーワー高校の出身であるらしい。ハリーは黒人の同僚ブキャナンとファーンズワスの態度から、彼をジェローム・ファーンズワスの息子ヒューバートと見当をつけていた。ハリーの父はジェロームは結婚した事はない筈だと疑問を呈するが、そして警察はヒューバート・ジョンソンと指命手配するのであるが、ジェロームの息子である可能性は消えない。ハリーは黒人ファーンズワスに対して、スキーターを共通の「子」とする brothers in paternity（父性において兄弟あるいは信徒仲間）であることを感じるのである。ハリーの父アール・アングストロームとハリー、ハリーとネルソンを軸にして、岳父スプリンガーとハリー、フォスナハト家では別居中の父オリーと息子ビリーなどいくつかの父子関係が重ねられるなかに、最も稀薄な父子関係であるジェロームとヒューバート・ファーンズワスが加えられる。さらに、宇宙船の中にいる飛行士たちとの相似も見られる。現代の神と被造物の関係そのままに、どの父子の場合も結びつきはゆるく、権威や必然性は見られない。『走れウサギ』にハリーと母、ジャニスと母の、息苦しい支配被支配関係が描き込まれていたのとは対照的に、漠然と親愛を寄せあう友人、遊び相手、理解しあう間柄、あるいはただその存在を認めるだけの父子の関係が一九六九年アメリカを構成する小カプセルである。

5

ハリーがネルソンと一緒にペギー・フォスナハトの家に行き、ペギーと親密な時を過ごしていた夜、留守宅が放火された。スキーターは脱出する。ハリーはペギーの車を借りてまだ炎を上げている家に帰るが手のつけようがない。見守るばかりである。ジルが中にいる、寝ている場所を知っている、ぼくなら助け出せる、とネルソンは声を上げ、家の中に飛び込もうとするが消防士に押さえられる。ジルは焼死体となって青い袋に入れられて家から運び出される。黒人青年スキーターがこの住宅地区に我が物顔に出没すること、とくに白人少女ジルと性的関係を結んでいることを憤った近所の白人の放火によるものであるが、『走れウサギ』における嬰児の死同様、ハリーが責任を負うべき事故である。「この間抜け野郎。お前は彼女を死なせたんだ。おまえを殺してやる。お前なんか殺してやるから」……「パパはなんにもしてやる気がないんだ」（320）というネルソンの言葉はウサギにとってもっとも痛い批判のはずである。ウサギはネルソンを支えているが、彼が崩れ落ちたらウサギも崩れ落ちただろう。ウサギの胸の中では「元通りになれ、元通りになれ」という祈りが続いているのだが、このようにあからさまな事実が元に戻るはずがない。後で考えてみると、数日前にあった脅迫めいた警告、漠然とした気がかり、行ってはいけないといったネルソンの言葉など、不幸の予兆は数多くあった。しかしハリーは気づかなかった。『走れウサギ』の場合と同様、彼は何かの意思に引かれて、家を留守にしたのだった。前回はルースと親密にしている間に幼い娘レベッカが溺死したのであり、今回はペギーとのセックスを楽しんでいる間に、いわば娘同様に家に置いていたジルが焼死したのだ。

同時に彼はこの火事に関してネルソン以外の誰からも非難されない自分に気づく。麻薬所持犯スキーターをかくまっていた罪も咎められない。法網は彼の身を滑り落ちる。さまざまの罪を犯しながら罰せられない自分を知る時、彼は「吐き気が煤のように体の中を沈んで行く気がする」（329）ただそれだけである。後に彼はジルを思い出し、自分の罪を責める。しかしその自責は悲哀でぼやけ、むしろ自己弁護に近い。

彼は死のなかに引きこもっていて、彼女に呼出されたくなかったのだ。彼は準備ができていなかったのだ、傷ついていたものだから。黒キリストに彼女を与えてしまったのだ、自分が改心して心の鈍さにまでなってしまっていたものだから。(380)

なにげなく語られる a hardness of heart という言葉は『走れウサギ』のエピグラフ「思寵のはたらき。心の鈍さ。外面的事情。」のエコーである。[12]

リックスはハリーがどんな場合にも自己の犯した罪の償いをしない男であると批評し、それをアップダイク自身の道徳的審判の弱さだと結論している。『走れウサギ』のハリーは子供っぽい自己憐愍で罪の支払いを済ませてしまう。そして追いつめられると逃げる。おそらく欲望や罪障意識は残忍な猟犬のように彼を追いつめるのであろうが、アップダイクはウサギを逃がし、事を不問に付してしまった。作家は筋の動きによって何かのモラルを作中に示すべきではないか、イメジャリーの使用にも統一があるべきであり、彼のように掴み所のない道徳感をもってしては二流のレストインションコメディの方向に早晩向かうことになるのではないか、というのが彼の警告であった。『帰って来たウサギ』においても情況はほぼ同じである。ハリーは罪の代償を支払わず、悲哀と忘却の中に逃げこんでいる。

しかし作家としてアップダイクは慈悲心ばかり多くて、正義に欠ける。彼の慈愛とは、個人的、社会的を問わず残忍や圧迫が存在するのを、ただ指摘するに止めているという冷酷なものだ。

リックスはアップダイクに道徳的審判が存在することを認めながらも、それが非常に広い、稀薄なものであることを指摘し、前作で殺人を犯したジャニスが続編で情夫の命を救い、また前回はジャニスの落度で赤ん坊が死に、今回はハリーの落度で女の子が死ぬ、おたがいさまだというバランスの取り方では審判にはなり得ない、結局アップダイクはハリーの性格設定にはっきりした計算がなく、手探りで進んでいるのではないか、充分な材料が仕込まれていないのではないかと、ハリーの煮え切らぬあり方を批判している。[13]

もっと好意的ではあるがサミュエルズも、慄然とするような物語を語りながら、作者が憤りも嫌悪も示さずに終わることが果たして正しいことであろうかと疑問を呈している。どういう目的でこの陰気な物語が書かれたのかがはっきりせず、われわれは当然、気落ちした状態で置きざりにされてしまうと述べた後にサミュエルズは、「おそらくあり得ないのであろうが、現在われわれがどのように生きているかを教えるだけでなく、なぜこのようなひどい生き方で生きねばならぬかを教えてくれる小説」を期待したいと論じている。[14]

「回復期の病人」のようにゆっくり、ウサギは元の生活を取り戻す。見るだけでなく行動する時が帰って来なければならない。ジャニスとウサギの再会は、用心深い調子で始められる。二人はドライヴし、途中で見つけたモーテルで、やり直しが利くかどうか試してみることにしたのだ。ジャニスが家出している間に、彼は宿泊費を受け取るという感じでジルとセックスをしていたけれど、少女を大人の女のように扱うことに気後れして、うまく行かなかった。気が合ったのは人妻で、ネルソンの友だちビリーの母親ペギーである。細部は違うがこのペギーが『農場』における主人公ジョーイ・ロビンソンの再婚相手であることを記憶しておきたい。助手席に座ったジャニスはすっかり割り切って、ペギーのことも、ルースのことも話題にする。傷つくことを怖れる小心さはウサギの本質であり、彼はモーテルに入ることをためらう。いったん通り越し、Uターンして駐車場に入った彼は焼け残った高校時代のクラブジャケットを着、態度もおずおずとして、モーテルの受付に高校生かと怪しまれるほどである。激しい経験と罪の意識で傷ついたウサギと、心臓発作を起こしたスタヴロスを救ったことから「死を与える者」の刻印を拭い去ったジャニスの自信との相違が際立つ。そしてモーテルの一室でも、二人の関係は復活しない。

「もしやる気がないんだったら、あたし、背中を向けて、ちょっと眠らせてもらうわ」（406）

というジャニスの言葉は、物語の最初の

彼女は彼に背を向ける。彼はこの拒絶を受け入れる。（27）

と一見似ているけれど、試練の後の二人からは、要求・失望・挫折・敵意などの要素が抜け落ちている。彼が悲劇の一切はジャニスの家出から起こったのだと、罪障意識を彼女に押し付けようとしたとき、彼女は、家出したあとに家の中で起こったことは一切ハリーの責任だ、と答えて取り合わない。これは同時に嬰児レベッカ・ジュンの死に対する彼の罪障意識を消す用意でもある。それは彼が家出した後に家の中で起こったことなのであるから。彼女の手落ちで赤ん坊が溺死し、彼の手落ちで女の子が焼死した。互いにそれぞれの重荷を背負っていこう、事実をただそれだけの重さとして考えようというのが、現実派のジャニスの提案である。ウサギはまだ割り切れない。しかし自分はNobodyだ（404）、と意識した彼は、あの昔の自負――絶対的真理を目指すのが自分に課せられた義務だと感じた若い頃の自負――を捨てたように思われる。責任・過去・外界の一切、また男女、妻・夫という要素も一切抜きにして、宇宙カプセル内部のように密封された空間の中で、ウサギとジャニスは単純に眠る。作品を締めくくる言葉

He. She. Sleeps. O. K.?(407)

はモリー・ブルームの“yes I said yes I will Yes”[15]を連想させるけれども、そのように絶対的な肯定ではなく、行為が行われることを示すものでもない。ヴァーゴは「O.K.は一般的に慎重な容認であり、あいまいなyesすなわちnoと言いたいという条件つきyes」と説明しているが、[16]

たしかにO.K.は内容にまで深くかかわらない冷淡な是認であり、小規模の、中間的ないし最低限の容認である。エピグラフに用いられている宇宙飛行士の会話を始め、現代生活の中ではいくつの細かいO.K.が必要とされるだろう。逸脱を止めて小心な市民生活の軌道に乗ってからのハリーの生きかたは、O.K.を受けて作動する受動的なものであった。ライノタイプ工という仕事も、誤謬の許されない性質のものであり、事実ハリーはたびたび打ち違えては訂正する。このような仕事は、臆病なハリーを誤謬に対してさらに神経質にした。最初の逸脱の結果として起こった悲劇を深く怖れたハリーは、その後の十年間ルールを守り、失敗をおそれ、行動することさえ止めて消極的に生きて来た。しかし一々O.K.を求める生き方は必然的に人間を臆病にし、奔放なエネルギーを枯渇させる。『帰って来たウサギ』に登場する、無惨なまでに変貌したウサギは、失敗を怖れるあまりに疲弊し、枯渇し、生命力を失った現代人の典型である。ウサギが人生にルールを求めたのは、ルールの中で暮らすことが最も失敗のない、抵抗のない生き方だったからである。しかしルールを求め、律を守ることは同時に自由意志による選択を捨てることであって、沈滞、非行動、個性喪失がその代価として生じるのである。

ジルの死と火災に対してウサギは罪障意識を持ち、しかも誰からも咎められない自分に不安である。先述のリックスはこの面をついてアップダイクの道徳的審判の弱さを責めていた。しかしハリーは罰せられない自分、罰せられないスキーターを知る時、神の律の意味を理解するのではあるまいか。

第一の段階は悪いことをしてとがめられ、善いことをしてほめられる。第二の段階はとがめられもせずほめられもしない。[17]

アップダイクは神の律を広い、ゆるいものと考える。神は非常に遠くから、むしろ無関心に人間を見ていて、手を下して罰することなどほとんどない。火災も神の罰ではなくて人間の放火であり、放火という過ちを神は放任したのである。神は白人の放火犯を捕えないままに許し、スキーターの遁走をも許している。以前ハリーの遁走を許した神は、ここでも、混乱を起こすこと、破壊すること、悪事を働くこと、神に背くこと、過失をおかし、責任をのがれることを許しているのである。「鏡面のしみ」にすぎない人間の行動に対して、神は諾いもせず罰しもしない。

ヴァーゴはハリーを“a man in the middle”と呼び、天上と地上、生と死、過去の罪障と将来おかすべき過失の中間に不安定にさまよう存在と定義している。[18] 善も悪も彼には可能である。

しかし過失をおかす可能性にむかって行動すること、罰する意志のないものの存在の下に、選択に迷ってあがくことがハリーにとって、枯渇と非行動から逃れる唯一の道なのである。

それでも、"O.K.?"と訊かれると引っかかるものがある。焼けた家には保険金が下りた。土地は売ってしまうつもりである。夫婦はとにかくもとの鞘に納まりそうだ。[19] かわいそうなジルはこのまま忘れられてしまって O.K.なのだろうか。J・J・ウォルドメアはこれに疑問を呈し、『金持ちになったウサギ』と『さようならウサギ』の世界は、もはや O.K. ではないという所から議論を始めている。[20]

アップダイクはこの後ハリー・アングストロームを主人公に、ウサギ四部作を連作として発表、一九八一年出版の『金持ちになったウサギ』によって、全米書評家賞、ピュリッツアー賞（小説部門）、全米図書賞というアメリカの三大文学賞を受賞した。さらに一九九〇年には『さようならウサギ』を出版、ピュリッツアー賞（小説部門）、全米書評家賞を獲得するとともにベストセラーになった。彼がウサギ四部作を統合した『ラビット・アングストローム』に付した序文はウサギ四部作に関する最も優れた手引きである。

四部作を読むと長大なヴィクトリア小説を読むように、最初ちらと登場した人物が長い歳月を経て、再登場し、辻褄が合わされるという面白みが湧くのだが、ここでは「序文」の中から次の告白を挙げておきたい。

私はハリーを——いや、どんな人物にしても——愛すべきものにするつもりはなかった。ハリーを考えついたのは、私が恐れとおののきの人間としてキルケゴールに興味を持っていたときだ。しかし、大学生時代、ドストエフスキーに接したことのほうが、もっと重要だった。ウサギは地下生活者のように、〈度し難い〉のである。最初から最後まで、彼はよい忠告に憤慨し、自分の個人的な、そしてまた、度し難い神からの指示だけを受けるのである。（*RA*, XX.）

第四章

『農場』――母のありか

1

アップダイクの長編第四作『農場』は、彼の創作の中でもことに精緻に書き込まれた、高度の結晶性を示す作品である。前作『ケンタウロス』が父への頌であるのに対して、これは「母の肖像」であり、短編『脱出』、『鳩の羽根』などに片鱗を示し続けてきた「母」の本質が、正面から描き出されたものであるといえよう。アップダイクの、家族を素材に、ペンシルヴェニアを舞台にした作品を書こうと願って来た計画は[1]、最後に老いた母を書くことによって、一応満たされ、「家」の主題が完成したことによって、以後の作品には、新しい主題が展開されることになるのである。もちろんこの後の作品群およびウサギ四部作などの中に、母はさまざまな姿で書き込まれ、ペンシルヴェニアの農場も彼の念頭を去ることはないのであるが。

たしかに、生まれたときから緊密に結び合い、その支配を受けてきた母を、文学の中に客体化することは、作家にとっても容易ではない。アップダイクは決して器用な作家ではないので若く、美しく、才気あふれる母を女主人公として、正面から描くことはできなかった。彼は老いて、病み、敗北を認めて潔く死んで行く老女として造形することによって、やっと母の姿を客体化できたのである。モデルとなった母リンダ・グレース・ホイヤーは『農場』出版当時まだ五十八歳で、依然として有能で支配的な存在であった。これは『ケンタウロス』において父ウェスリーをモデルとしてジョージ・コールドウェルを造形したのと同じ扱いである。アップダイクは一九八四年に、エッセイ「母」において、母は現在八十歳なのだが、相変わらず活動的で、年を取るにつれてますますその美質が輝いてきた、自分の中にも母からの遺伝子が際立ってきて、二人は同じような食べ方をし、同じような笑い方をする、母と子という「二つの肉体を結んでいる生物学的な事象はだんだん遠いものとなり、貴重な友愛の単なる始まりと化してきている」[2]と語っている。老いた息子と老いた母——それは純粋な、透き通るような親密さだろう。また、それは、そのような母から離れて自立することが、男にとってどんなに難しいかをも示しているのである。

『走れウサギ』と『ケンタウロス』が、ややずらして置いた鏡面のような照応関係であるように、『農場』と『ケンタウロス』、および『帰ってきたウサギ』との関係も、時間や人物構成をすこしずつずらしながら互いに照応しあう、万華鏡のような構成である。故郷を離れた二十六歳の新進画家ピーター・コールドウェルが、十五歳の少年の日の、父にかかわる三日間を回想の形で描く『ケンタロウス』に対して、『農場』においては三十五歳のジョーイ・ロビンソンが、長年連れ添って子供も三人できている妻ジョーンと別れ、最近ペギーと再婚したので、その連れ子の十一歳のリチャードも連れて、挨拶かたがた、前年寡婦になった老母をその独り住まいの農場に見舞うという、現在の三日間を扱うものであり、ほぼ同じ家庭が素材として用いられていて、形式、内容ともに一対とも考えうる作品である。ちなみに『農場』発表当時、作者アップダイク自身は三十三歳の、すでに著名な作家であり、『ケンタウロス』に対してフランスから Le prix du meilleur livre etranger を授与されている。また『帰ってきたウサギ』においては三十七歳のライノタイプ工ハリー・アングストロームが、とりあえず妻と息子を連れて老いた父母の住む農場に復帰する結果となる。十三歳の息子がいるペギー・フォスナハトも田舎暮らしから町に帰り、夫との生活に戻っている。

父を中心にして構築された『ケンタウロス』の世界が、ここでは鏡に映し直すように、母を中心に据えて眺め直される。繊細な神経を持った善良な高校教師が、粗雑で鈍い周囲の人間の間で苦闘する姿が、神話のケンタウロスと二重写しにされ、拡大して評価される『ケンタウロス』の世界は、ここでは自己の本質を曲げ、「克己に溺れ」、他者への奉仕に自己を浪費し尽くした、存在感の薄い男の物語として、縮小して眺められる。そして、若い、夫とは調子が合わない、自己主張の強い女として『ケンタウロス』に登場した母が、『農場』においては自己の願望と価値観にひたすら忠実であった――そのために夫や父や息子に犠牲を強いて省みなかった――強靭な女性として描き出され、その直線的な生き方の美しさが、老い朽ちた現在の姿の中に凝縮されるのである。『走れウサギ』と『帰って来たウサギ』の二作の照応関係と同じように、『ケンタウロス』と『農場』も揺れ動き、照応しあって真実の姿――静的なものでなくさまざまの幻想が固定することによって、つねに作られつつあるもの」――を作り出すのである。両作品に共通するのは、息子が観察者であると同時に語り手、副主人公として作品の表面にあり、彼の目を通して、それぞれに父親の世界、母親の世界が描きだされる点である。共通する問いかけは、自己の本質を曲げて、普遍的なモラルを受け容れ、それに仕えて生きるか、自己に固有の論理を貫き、自己に固有の価値観を信じて生きるか、という問題である。

『ケンタウロス』は、自分の才能を信じて故郷を捨て、ニューヨークに出て、「二流の」抽象画家になるという形で自我を貫いた息子が、田舎町の高校の理科の教師として世俗の世界に仕えた父の苦渋を眺めるという語りの小説であり、『農場』はその裏返しとして、故郷を捨て、ニューヨークで会社勤めをすることによって世俗の世界に仕える息子が、故郷の農場を守り、独特の価値観を信じて生き、老いていく母との間で中吊りになる、という物語である。母メアリー・ロビンソンを通してその実家ホフステター家の祖父母、さらにその父の気質が示され、主人公ジョーイを縛る「家」の重さが示される。八十エーカーの農場は彼女の実家の所有地であり、その上には、誇り高い「母の実家」の歴史が、父と子、母と子、姑と嫁、夫と妻という、それぞれに決して単純ではない結びあいを通じて積層し、農場としての土地自体の歴史もそこに重ねられるのである。

主人公ジョーイを、母に愛され、期待され、結局その期待に背く息子の姿として考える時、この作品は『ケンタウロス』の一種の続編と考えられる。しかし妻をめぐる葛藤を中心にして考える時、『農場』はオリンガーを出て、広い世界へと進む重要な一段階となる。『農場』にいたるまでアップダイクは、主人公を断ち切り難い人間関係の絆の中に置いて考えて来た。若い主人公にとっては、父母、祖父母という不可避的に存在するものはもちろん、自分の意志で選び取った筈の妻さえも、動かし難い、運命的な存在であった。これらのしがらみから離脱し、自由を手にすることが、若い主人公の直面する第一の目標であった。しかし中期以降の作品においては、主人公を囲む拘束的な人間関係は際立って弱くなり、「家」の圧力はほとんど存在しない。登場人物は、友人・夫婦・情事の相手・同僚などという、自己の意志で作ったり絶ったりできる自由な絆の中にあって、むしろその結びつきの不確かさに戸惑い始める。親子という本源的な結びつきを拒み、男女という変更可能な関係に活路を見出そうとするのが、神を締め出した『カップルズ』の世界であり、『帰って来たウサギ』は崩壊の果てから再び本源的な、逃れ得ぬ絆の方へ歩み寄る姿勢を示すもののように考えられる。『農場』は若い夫婦と子供たちという本源的な人間関係の絆が、若い女性と連れ子の少年という、より不確かで意志的な、可変的な絆によって断ち切られる切点を描いている。前三作と同様に男性主人公を中心に、男性の心情を描いた作品であるが、『農場』においては、動き、喋り、対決するのは、老若二人の女性であって、男性主人公が観察者の位置に退けられているのも新しい傾向である。この傾向は第六作『ベック氏の本』において、主人公ベックはほとんど状況を決定する行動を起こさないのに、彼をかこむ周囲が動いて、彼を奇妙な状況に追いつめるという形に結実している。

主人公ジョーイ・ロビンソン一家が週末の三日間、故郷の農場に一人で暮らしている老母を見舞い、約束の草刈りを果たす。老いた母をどうするか、農園をどうするか、という懸案は解決せず、ただ一層明白になっただけという挫折感を抱えて一家はまたニューヨークに帰る、そしておそらく帰着後すぐに母の訃報を聞くだろう[3]、という基本的な型のありかたは、新奇な技法上の実験を排除したリアリズムの手法と相まって、作品に、良く出来た一幕物を見るような古風な効果を与えている。技巧を凝らすことを避け、叙情的なリアリズムの文体を貫いているところにも、素材の重さに賭ける作者の心情が窺われる。しかし、あまりにも整いすぎた出来栄えのためか、この作品には発表当時小さな傑作[4]という評価が下されて、論考されることが少なかった。背景になる農場自体もどこか芝居の書割めいた印象で、広々とした自然の豊かな緑やそよ風が感じられないのは、むしろ作者の意図するところであろう。

2

『農場』の舞台は二十世紀も後半の現代アメリカ、ペンシルヴェニア州オリンガー近郊の農場である。キャザーやスタインベックに描かれた、広大で生命力に溢れた西部の大農場とは異なり、現代の東部の小都市近くの小さな農場は、周辺の都市化の波をかぶって存在の意味を失い、耕す人もないままに荒廃している。農場としての本性を失って、ただ存在しているだけのこの休閑地は、土地ブローカーに目をつけられて、住宅地として切売りするよう迫られている。自然＝母なる大地というような既成の平和な概念とはうらはらに、この農場はそれ自体が場違いな存在である。娘として母として一族の農地を守ってきたメアリー・ロビンソンも老いた。そしてこの舞台の上にくりひろげられる人間の生も、手当り次第に置き間違えられたものたちの錯誤の歴史に過ぎなかったのではないかという疑念が、オリンガーを、つまり「留まれ！《オ・リンガー》」と叫ぶこの土地をこのままに在らしめることが正しいのだという、人間の意志を翳らせ始めるのである。

ぼくたちはターンパイクを外れて割り石の国道へ、割り石道を外れて赤土の道へ、と入っていった。短い急坂を登ると、ほら、頂上の平らなところ、そこでぼくの妻は初めて農場を見ることになる。そこにはショルコップ家の郵便受けが風雨にさらされ、ずらしてかぶった帽子のようにだらりと蓋をたらし、ひざまで深くスイカズラやツタウルシに埋まって立っているのだ。妻は助手席で心配そうに身を乗り出し、その息子のひじも、後部席から、強くぼくの肩を押した。見慣れた建物が、くぼんだ緑の牧草地を越えた、向こうの丘の上で待っていた。「あれがうちの納屋だよ」ぼくは説明した。

"That's our barn," I said, "My mother finally had them tear down a big overhung for hay she always thought was ugly. The house is beyond. The meadow is ours. His land ends with this line of sumacs." We rattled down the slope of road, eroded to its bones of sandstone that ushered in our land.

"You own on both sides of the road?" Richard asked. He was eleven, and rather precise and aggressive in speech.

"Oh sure," I said, "Originally Schoelkopf's farm was part of ours, but my grandmother sold it off before moving to Olinger. Something like forty acres."

主人公ジョーイの一人称で語られるこの物語は、最初複数 we で注意深く開幕する。We turned off the Turnpike…… We went up…… We rattled down……「ぼくたち」とは車中の三人、つまりマンハッタンの教育関係企業につとめるビジネスマンで三十五歳のジョーイ・ロビンソンと、結婚して間のない、彼の二度目の妻ペギー、ペギーの連れ子で十一歳になる少年リチャードである。しかし寄せ集めの家族を融和させようとする彼の努力は、すぐに彼自身の言葉によって破られる。That's our barn …… The meadow is ours.

ジョーイにとっては吸い寄せられるように懐かしい故郷の風景も、新しい家族には初めての、見馴れぬ場所である。そして ours（うちの）という時、その言葉は先の we が指した新しい家族を意味するのではなくて、ジョーイの生家、ことに母方のホフステター家を意味する言葉である。「うち」から弾き出された存在であるリチャードは、冷静に you を使って質問し、自分たちの居心地悪さと、この農場が置かれている状況の不条理さを指摘する。ぼくはそのような不条理とは関係ないよ、という宣言を秘めた you でもあるだろう。

「誰も耕さない農場なんて、意味がないじゃない？」（4）

農場の存在理由は、農場としての価値よりはこの場所に対する女たちの想いにある。もともとこの農場はホフステター家の祖父母が所有したもので、母はここで生まれた。インテリで新聞を読むのが好きで説教癖のある、つまりヴィクトリア朝的教養人の典型ともいうべき祖父は野良仕事を好まず、祖母が農場に男のような誇りを抱き、荒仕事をこなした。その頃畑には小麦が波打ち、トマトやトウモロコシが幾列にも実った。『ケンタウロス』においてアップルトン先生がオリンガーの歴史を語って、最初の入植者オリンガーじいさんには「三人の息子があった。コットはある晩気が狂って鍬で二頭の牡牛を殺し、ブライアンは台所女中の黒人女に子供を生ませ、一番年下のガイは土地を不動産開発業者に売って…」と話すように、欲望のドラマも土地の実りも豊かな時代があったのだった。二〇年代の成金ブームの時期に祖父は株で儲け、農場を売ってオリンガーの町に移った。従って母は町で、高校の理科教師ジョージ・ロビンソンと結婚し、一人息子のジョーイは十四歳まで町で育った。祖父は職を持たずに町に住んで、「椅子に座って、コーヒーをのみ、株の暴落で自分の金がどぶに流されて行くのを見ている」(22)だけだった。手を束ねて見ているだけで行動しない田舎町の教養人然とした父と夫とを引摺って、彼女は農場を買い戻し、一家を農場に連れ戻ったのである。「流れぬ血は死んだ血だ」というのが彼女の信条であり、思考はつねに行動と結びついていた。彼女はつねに男たちのために――男を本当に男らしい男に仕立てあげるために決断したのだという。オリンガーの田舎紳士たちの自己満足と現状肯定ぶりは彼女には耐えられなかったのである。

「あの町の人たちは大まじめであの町が宇宙の中心だと考えているんですからね。あの人たちはどこへも行きたがらないし、何も知りたがらない。ほかの事は何もしたがらないで、ただ座って仲間ぼめをしあっているのよ。あたしは自分の一人息子を、そういうオリンガーっ子にしたくはなかった。あたしはこの子に男になってほしかったのよ」(30)

地方小都市の息詰まるような淀んだ空気に耐えきれずに故郷を捨てる若者の姿は、トマス・ウルフ、シャーウッド・アンダスンを初め多くの作家によって、アメリカ文学の中に定着している。そうした若者は男女を問わず大都会にむかって逃亡し、あるいは成功し、あるいは幻滅を味わうのが、定石であるのに対して、『農場』の母メアリー・ロビンソンが沈滞した小都市オリンガーを脱出して田舎の農場にむかったのは、珍しい選択である。彼女は農業自体を好んだのではなくて、農場に住み、農地を所有すること——町の人々とは異なる、彼女独自の価値体系の下に統一された小世界を自身の周囲にめぐらすこと——すなわち、ある文化・文明を彼女の周辺に求めたのだった。彼女の求めたものは、オリンガーの町の弛緩と倦怠ではなくて、何かを単一に志向する姿勢である。彼女のモラルは一時代前の、禁欲的なプロテスタントのモラルである。彼女は農場に帰ることによって、ソロー的な、原始アメリカの生活に回帰することを求めたのである。農場は自然を意味すると同時に彼女の自由——現代アメリカの文明からの自由——を意味する場所であった。草原を馬に乗って駈けまわった娘時代の再生を望む彼女は、いわば過去の中に遁走することを企てたウサギである。彼女が電気洗濯機の使用を勧める嫁を憎むのは当然だろう。

大地を母と見る感覚はギリシア神話をはじめとして、ヨーロッパ各地に、アイルランドに、また南米、アジアなど、ほとんど世界の各地にある。「母なる大地」という言葉は、日本においても漠然と一般に流布している。しかしアメリカ文化においては必ずしもすんなりとは納得されないだろう。アメリカの大地の母というとき、特に西南部にあっては、原始アメリカの大地の母として、いわゆるネイティヴ・アメリカンの母の姿が浮かんで来ないだろうか。また南部大農園の最盛期を思うとき、実際に畑に出て綿を摘み、小麦やトウモロコシを育て、子供たちも育てたのは黒人のマミーたちではなかっただろうか。

女性が農業に携わり、大地母神の役割を果たす姿は、アメリカ文学においてあまり多くはない。ウイラ・キャザーの『私のアントニーア』が挙げられようか。完成した彼女の小王国は、実は英語がほとんど使われない極小ボヘミア国であるのだが。『おお、開拓者たちよ！』のアレクサンドラの場合、彼女自身は母にはならない。二人とも移民であって、農場は彼女たちが新しく獲得した土地に、古いヨーロッパの母権社会的感覚を移し植えたものである。『サファイラと奴隷娘』のサファイラを大地母神とは呼び難い。もしそうとすれば、非常に厳酷な母親ということになるだろう。彼女の農場は実家の父の遺産であり、農場維持に役立ちそうな男を夫に選んでいるのだが。エレン・グラスゴーの『不毛の大地』のドリンダ・オークリーには、「母」になれなかった挫折がある。『鉄の気質』の女主人公エイダ・フィンカスルの場合が、地域的にも、時代的にも、メアリー・ロビンソンに近いといえるだろう。一九三〇年という困難な時期に、エイダは空しい成功の夢を捨て、根無し草のような都会生活に見切りをつけて、故郷のアイアンサイドに帰ろうと、夫を説得する。小規模農業をし、鶏を飼い、手作りのものを食べ、仕立物をして収入を得、エコロジカルな生活によって、精神も生きかたも初期アメリカの開拓時代に帰ろうという、ブルック・ファーム的な理念が彼女の主張の根底にある。両ヒロインとも実家の農場を基盤にしている。

スタインベックの「白い鶉」には自分の庭を計画し、造園し管理して陶酔感に浸るメアリー・テラーが登場する。彼女は農園ではなくて庭を所有するのであり——正確には夫が所有者なのだが——豊穣や生産ではなくて管理と清潔を求め、庭に入ることを許すものと許さぬものを峻別する点、決していわゆる暖かく広やかな「大地の母」ではないのだが、夜露に湿った大地に対して強烈なエクスタシーを感じる点と、秩序を求め、死を招き寄せる点において、凄愴な大地母神デーメテールを思わせる存在である。一見異質と思われるのだが、スタインベックとアップダイクは意外に似た面を持っている。両作家とも基盤をアメリカという土地に据え、徹底的にアメリカの庶民を書いていこうという固い決意がある以上、題材が共通するのは当然であり、シャイで、率直で、無防備なアメリカの男たちが、あるいはトム・ジョード、あるいはハリー・アングストロームという人物として造形されるのである。粗衣粗食に慣れ、機械いじりの好きなこれらの主人公は作者の面影を色濃く映す存在であり、両者に共通なのは、強い母と強い母系の存在である。さらに作中の強い母は現実の強い母を写したものであること、強い母たちは息子の生き方と息子の妻たちにかなり影響を与えたことなどである。[6]

アップダイクのメアリー・ロビンソンは知的な女性で、大地そのものに陶酔はしない。彼女が愛するのは「牧草地の向こうの三角畑は砂糖モロコシで金緑色に、遠い畑は紫ウマゴヤシで銀緑色に彩られ、ジャガイモと玉ネギとキャベツと豆の野菜畑は、果樹園の向こうの山の背にそってずっとつづき…」という「フェルメールの絵のような」美しい過去の記憶である。

彼女は農場が荒地同然となっている現状を、無駄とは考えない。作物を作り金儲けをするため土地があるのではないのだから。土地も人間と同様に休息が必要なのだ、土地は死にはしないが、今ひどく疲れて休んでいるのだ、というのが彼女の説明である。最近の環境学はこのような休閑地の必要を説いていて、従来の、土地の有効利用を説き、土地から収益を上げることに狂奔した意識の転換が感じられるのであるが、耕し手もなく、豊穣な生産性を眠らせたままに存在し続ける農場の様相は、老い疲れて、ただ過去と現在を守るために生存を続けている老女の状況に重ねられる。老衰のために、かつて持っていた人間的美質を一つ一つ失いながらお生き永らえる、あるいは生存させられている人間の姿は、処女作以来アップダイクの興味を惹く主題であるが、『農場』の母は際立ってそのような老いの変質作用に抵抗し、過去を価値あるものとして守ろうと決心している。息子の少年時代の写真、去ってしまった――いや、むしろ自分が去らせた嫁の写真、壊れずに残っている古い食器、夫が使っていた、もう緑青のふいた剃刀。無意味に見える品物を残すのは、せめて過去は変えずにおきたいという、彼女の抵抗からである。短編「脱出」においては、母は娘時代に、何かの志があって都会に出たかったのだが、父親に禁じられて、脱出できなかったという挿話が語られている。これは『農場』の母のひたすら過去を志向する姿勢、父や夫に対して自我を貫く態度、息子を世に出そうとする期待などを説明する鍵の一つといえよう。

農場に関する疑問の第二は、それが夫ジョージにとってどういう意味を持ったか、である。

「で、ご主人は何をほしがったのですか？」ペギーが訊いた。

母は遠い鳥の声を当てようとでもするかのように首をかしげた。

ペギーの胸の中では実に明快な問いであり、彼女はこの明快さを皆に共通のものにしようとした。「お母様は、ご主人に何を上げようとなさったのですか？ ご主人はお母様に、ジョーイと農場を下さったのでしょう、お母様は何を上げたのですか？」(30)

「そりゃあ、あの人の自由をですよ！」(31) がペギーの問に対する母の機智に富んだ答えである。彼女は農場を所有できたけれども、夫を完全に自分のものにすることはできなかった。ジョージは生涯一度も野良仕事をしなかった。彼は妻にトラクターを買ってやって、草刈りをさせたけれども、自分では何もしなかった。それは彼なりに妻への抵抗を貫いたことになるのであろう。町育ちのジョージにとって、農場での生活は重荷であった。彼女は自分の求めるものを手に入れ、求める生き方をしたけれど、夫は苦渋に満ちた生き方に耐えた。「自由を与えた」のは夫の方だったかも知れない。ペギーの問に対して母は「神様だけが本当に自由を与えられるでしょう。でも人間だって、自由を拒まないということで与えられるのだし、結果は同じでしょう」(32)と答える。「夫に自由を与えた」とは、彼女が夫を完全に支配し損ねた事実を表現したものである。しかし彼女は、相手の好むままを許すのではなく、その本質を、ものに捕われている状態から解放して、使命に向けること、そのような本質的自由を与えるために相手を拘束することこそ、人間の——ことに女性の——務めだと信じているのである。彼女がジョーイの先妻ジョーンに向けた非難もそれであった。

この農場はジョーイの母、先妻ジョーン、後妻ペギーという三人の女性の対決の場である。ジョーンは容姿も態度も東部のインテリ女性で、離婚後の現在も、ジョーイは彼女を「ぼくの最初の、ぼくの優しくて深い、ぼくの無口で内省的な妻」(156)という言葉で思い出すのである。彼女にはワーズワスの「淋しき刈り手」の娘や「ルーシー」を思わせる自立と孤独があった。最初の訪問のときジョーンは、姑に電気洗濯機を使ったら、と口走って反感を買った。以後彼女は農場の一切から手を引き、批評を避けた。母が攻撃するのは、まさにそのような彼女の利口な姿勢である。風格、デリカシー、控え目な落着きはあっても、いつも青い冷静な眼の奥から見つめているだけで、一度として夫のために捨て身になったことのない女は許せない、無気力で現状肯定的な生き方になずんで本性を見失った男を、別の次元に連れ出そうとしない女は許せない、ジョーイに会社員などという「娼婦みたいな仕事」で才能をすり減らすままにさせて置くという思い上がりは許せない、というのが母の条理である。こういう母の態度が、三人も子供のできた、ジョーイとジョーンの結婚を壊す毒素となったのである。ジョーイはいつも母と妻との板ばさみになってびくびくしたのだ。母とジョーンはうまくいかなかった。母にはまだ息子を手放す用意ができていなかったのである。母は若夫婦の行動に口を出し、支配しようとした。彼女が写真家に注文して撮らせた新婚当時のジョーンのフォーマルな肖像写真は、十二年間居間のソファの上に掛けてあった。

ポーズの硬さとピントの甘さにもかかわらず、鋭い気品が――ひどく内気で、遠慮がちな態度なので捉えにくいのだが、生まれながらの気品が画面からにじみ出ていた。それは一瞬のうちに、きらめくばかりの、実に均整の取れた微笑にさっと切り裂かれ、まばゆく裏切られてしまうのだけれど。(17)

そのとき彼女は妊娠していたのだ、とジョーイは思い出す。その妻と離婚する羽目になったのは、妻と母が同じタイプだったからだ。彼はジョーンの中では寛げず、窒息しそうに感じたのだった。

新しい妻ペギーと母の間も平穏ではないだろうと、ジョーイは危惧する。しかし農場に着いたジョーイは一行を出迎える母のたどたどしい足取りに驚く。八月というのにセーターを着込んで冷えから身を守っている母の姿は、母の老衰という、これまで考えてもみなかった事実をジョーイに悟らせる。これまで彼がいつも思い描いて来た母とは、若い、美しい肉体を持った、敏捷な若い女であった。「雨の中を、納屋から家まで父を追い抜いて駆け去った母」(7)の姿は彼の感覚に焼きついて離れない心象として、作中に何度か繰返される。夜、ベッドに入っていると、枕許に背の高い若い女性が立ち、かがんでおやすみのキスをしてくれる。彼女の長い髪がすばやい流れとなって垂れかかり、テントのように自分を覆う、[7]というのが少年の頃のジョーイが感じた母である。このように官能的なまでの強い魅力で結ばれている母と子の世界からジョーイを解放するには、同じように、肉体と結んだ強い官能的な支配力が必要であろう。ジョーイの母の老いてたどたどしい足取りは、若い頃の彼女の活発な足取りを思い出させると同時に、新しい妻ペギーの大胆で肉感的な急ぎ足に較べられる。ペギーは姑に挨拶しようと、ハイヒールの靴で砂岩の歩道を踏みしめて急ぐ。後姿を見送るジョーイの目は、一瞬、健康をひけらかす若い女を憎む母親の視点を取り、それからその豊かさにいのちの中心の存在することを感じる、若い男の視線に変わって行く。

3

「女として、ぼくの妻は肥ってはいない。だが幅ひろいのだ。なだらかな肩が揺れる。骨盤の広さがある。それは一種の光輝のようにぼくを襲い、彼女の歩幅にゾクゾクするような開放感を、彼女の両股のあいだにゆったりしたスペースを感じさせるのだ」(8)

「僕の妻は広い」(46)で始まる一章は、ペギーの体を地形に見たてて、一面に棉の実がはじけて雪野原かと見紛う白い平野の起伏、緑の丘に立つフランスの城、ぶどう棚の間を波一つ立てずに流れる川、控えめに涼しく佇立する空などを思わせる、のびのびと広い肉体をたたえている。彼女の魅力はその肉体の豊かさとともに、その身構えのゆるさにある。彼女は前夫マッケイブと五年前に離婚していたけれども、きっぱり縁を切った訳ではなかったらしい。ジョーイはジョーンとの結婚を維持しながら、この六月に事態を決定するまでの二年間、ペギーとの交渉を持った。短編「凝視」と重なる部分の多い最初の出会いでは、あるパーティで、大きな抽象画を前にして立つペギーの無器用なまでに警戒を解いた姿勢が印象的である。ふつう女たちは腕を組むとかタバコを持つとか、何かしら身体を庇う姿勢で立つものであるのに、彼女は両手をだらりと下げて、身体を平気で人目にさらしていた。ペギーは初めて訪問した姑の家でも、ソファに寝そべって、姑の目の前で寝込んでしまうという大胆さがある。こいう身構えのなさがジョーイには隙だらけの好もしい女らしさと映り、一緒に居る彼に自由を、酸素のように不可欠な自由の感覚を感じさせるのである。

ジョーンを捨ててペギーを取ったという彼の選択は、アップダイクの人間認識の進展を示すものである。『走れウサギ』においてハリーの取った行為は、強いられた二者択一を拒んで逃げることであった。『農場』とその後の二作『カップルズ』および『ベック氏の本』ことにその中の「ベック氏据え膳を喰う」において、主人公は意志的に、あるいはほんの行きがかりから、悪い方を選択してしまう。岐路に立った主人公は、妻、社会、モラルなどの拘束を捨てて妻以外の女性を取り、結果として一つの混迷から別の混迷の中に身を投じることになる。多くの場合彼は苦悩や緊張から救われる代りに、空白、堕落、疎外などを経験するに至る。人間の結びつきには『カップルズ』に示されるようにさまざまの偶然や変異があり、愛とは解放や解決を生み出すものではなくて、紛糾や錯雑を招く要因である。しかし悪い方を選ぶにせよ、選択を行うという行動は、逃げずに、あえて何かにかかわり合おう、その結果を引受けようという意志を示すものである。選び取る自由と能力をアップダイクは、人間の中に認め始めている。

「ぼくは彼女（ジョーン）の中に窒息してしまいそうな危険を感じた。彼女はぼく同様、重積したものが時たま噴火となって炸裂する以外は光が射すことのない、暗黒の領域に迷い込んで、なすすべのない冒険者だった」（47）

先妻ジョーンはジョーイと同質の人間で、既成の規範に満足を見出しえず、しかも、まだ固有の価値観をも作りだせぬままに苦しむ冒険者であった。彼女は彼を救う存在でなく、共に苦しむ巡礼である。ジョーイは離婚後もその価値を認めて言う。[8]

「ジョーンは特にぼくを幸せにしてくれたって訳じゃあない。だが彼女はぼくの人生が通過すべき目標だったんだ。彼女を捨てることによって、ぼくは自分の人生をばらばらにしてしまった」（138）

求心性の欠落したペギーを選ぶことによって、ジョーイは内面の混迷から自己を救った。そしてその代償として人生の座標を失った。しかしそのような選択によってこそ、母と、母のあくまで自己の本質を見据えるという生き方に別れを告げ、自立して、母とは別の次元に堕ちることができたのである。

「ベック氏据え膳を喰う」では、ほんの行きがかりから、美しく知的で有能なノーマの代りに、見栄えのしないその妹、子連れのベアトリスを選ぶはめに陥るベック氏の姿がコミカルに描かれている。『カップルズ』についてはアップダイク自身が、主人公ピエット・ハネマが妻アンジェラを捨てて他人の妻フォクシーを取るという選択に関して、アンジェラの方が善いのだが、ピエットはフォクシーが欲しいのであり、その選択によって彼は自由と堕落を手に入れるのだと語っている。

彼（ピエット）は超自然的なものと別れて、自然のものと結婚した。わたしは、アンジェラを失ったことを本当に手痛い損失だ、と感じてもらいたい――アンジェラはフォクシーより、善い。それでも、彼がもっとも深く求めているのはフォクシーなのだ。何かはっきりとは分からない方法で、彼のために旋盤の回し金を回してくれるのはフォクシーなのだ[9]。

求めているものを手に入れて満足した人間は、もはや人間ではない、苦悩と混迷にすり砕かれるような状況に身を置くことこそ人間であるというのがアップダイクの主張である。男を探求者としての本質に目覚めさせるために、女が行動を起こすべきだ、欲望のために本質を曇らせてはならない、という母の信念に対して、ペギーは、女は自分を男に与えるものであり、男はその代わりに女に生きる理由を与えるのだ、という信念を語る。

D・H・ロレンスの性的両極論に似るという指摘もあるこの考えは[10]、アップダイクにおいては「妻以外の女性」が口にする考え方である。『走れウサギ』においては、かつては超自然的な価値を持つ少女であった妻ジャニスと対比される、豊かな肉体と素朴な善意を持つ娼婦ルースが奴隷的奉仕を語ってハリーに「所有感から来る勇気」を与えるのであるが、ペギーもジョーイに彼が自分を彼の持ち物のように扱うのがすてきだったと答える。男にとっても「妻以外の女性」の魅力とは、精神性をふっ切ったところで他者の肉体を所有するという、自由と豊饒の感覚であろう。結婚にふみ切るまでペギーは、ジョーイにとって「妻以外の女性」であり、また先夫マッケイブに対しても離婚後しばらくは「妻以外の女性」であった。『帰ってきたウサギ』におけるペギーは、ジャニスが家出した後のハリーとネルソンに対して母のような存在である。母性型とも言うべき、暖かく受容するこれらの女性たちは、相手の内面には踏み込まず、自己の内部に立ち入らせず、ただ自己という存在を相手に所有させ、相手を包含することによって、安逸と豊饒の魅力を作りだしている。

置き違えはこの小説のモチーフの一つであって、農婦らしくもなく、安逸と豊饒の母らしくもなれなかった知的で鋭い女性が、老母として農場に居ることがまず置き違えであり、同じように農場にふさわしくないその夫ジョージが心ならずも半生を農場で過ごしたこと、花粉アレルギーで夏場は農場に住めないジョーイが息子として生まれたことなどの「置き違い」が数えられる。この結婚自体が置き違えだったのだ、というのが、息子の評価なのであるが。その息子の代においても、正当であるべき妻ジョーンと実子たちが遠ざけられ、「妻以外の女性」であるべきペギーと、その連れ子がジョーイの新しい家族となることも、違和感を覚えさせる要因になっている。ハルミトンは「ミュージック・スクール」などでなじみ深いメイプル夫妻、即ちリチャード・メイプルとジョーンという組み合わせがここではばらばらにされ、ジョーンが捨てられた妻の名に、リチャードが新しい妻の連れ子の名前に使われている事実を、アップダイクの読者が感じる最初の違和感として挙げているが、[11] これにつけ加えるなら、ペギーとはウサギ連作に「妻以外の女性」として登場する人物の名である。さらに、ペギーが泥臭く、暖かく、受容的な本質にもかかわらず、農場と母を拒み、母からジョーイを奪う女性として登場することが大きな「置き違い」感を生む。ジョーイ自身が彼女に農場および母と、自分との間に立つ仲介者の役割を彼女に期待し、裏切られるのである。紫と黄色の派手なビキニ姿で畑を耕してみせるペギーの姿は、確かにこの農場には場違いであり、破壊力を持っている。

母が凡俗なオリンガーの町から男たちを農場に連れ帰ったという決断を誇るのと同様に、ペギーは、「ジョーイを男にしてやろうとした最初の女はあたしです」(112)と誇る。質も方向も異なるが、男を男にするために捨て身になったというのが、この家の代々の女たちの誇りなのである。控え目に批判するばかりのジョーンに不満を抱き、攻撃し抜いた母は、ペギーを「頭が悪い」「鈍い」「低俗だ」と非難しながらも、その行動性のゆえに、ジョーイに必要な女性であると認める。「ホフステター家には代々男まさりの女が多くてね」(156)という言葉で母はペギーを自分の血筋の中に加える。しかしペギーをこの家の女として認めることは、自分が無用の存在になったことを悟ることでもある。かつて自分の母が姑を「指一本触れずにあの世に送り込んでしまった」(140)のを見ている彼女には、今、ペギーによって死に追いやられる自分がよく分かる。訪問の最初に見せたペギーの活発な急ぎ足は、母にとって致命的であった。強く拘束的であった母子の絆は、もっとゆるい男女間の絆によって切られるのである。

4

この小説のエピグラフは、サルトルの自由に関する考察から取られている。

こうして、人間とは実在が本質に先行する生物であること、さまざまな状況において、自己の自由のみを求めうる自由な生物であることをはっきり悟ったとき、私はまた自分が他者の自由をのみ求め得ることも悟った。[12]

人間は神によってその本性を考えて造り出されたものではなく、先ず存在し、みずからかくあろうと企画したものになる、つまり人間はみずから造ったところのものになるのである。したがって人間は自己の——そして全人類のあり方に責任を持つことになる、またその意味で人間は自由である、という論旨に続いて、自己の存在、自己に関して持つ認識に他者が不可欠であることが語られ、他者がそうと認めないかぎり、自分が何ものでもありえないという事実、したがって「わたし」の自由は他者に依拠していること、他者の自由は「わたし」に依拠していることが語られた後の一節がこのエピグラフである。

他の作品においても同様であるが、作品とエピグラフとの関係は必ずしも直線的ではない。ハミルトンはこの作品において、自由の問題はサルトルの存在論的見地から語られているのではなくて、むしろ作中に牧師の説くバルト的な「交わりにおける自由」[13]に力点がおかれていると述べ、バーチャードは素直にエピグラフを登場人物に当てはめて、「ミセス・ロビンソンは他者の自由を、自分独自の定義を通してしか見ることができない。ジョーイは「自己の自由のみ求めることのできる自由な存在」であるけれども、「他者の自由」には全く関心を持たないことを立証している」[14]と語り、デトワイラーは、確かにジョーイが捕らえられているのは実存主義的自由の問題である、しかしサルトルからの引用は直線的にこの作品に当てはめられるものではない、「事実、彼（アップダイク）は、ジョーイに『真実というものは幻想が固定することによって、つねに作られつつあるものである』と皮肉に語らせる時、実存が本質に優先するという立場の弱点を巧みに突いている」[15]と論じている。しかし、アップダイクが自由と言う言葉に含ませたかった意味は、次に掲げるサルトルの言葉によって明確になるのではないだろうか。

自己を自由として欲する自由とは、要するに「それが——ある——ところのもので—あらず」「それが——あらぬ—ところのもので——ある」ような、一つの存在であり、かかる存在は、存在理想として、「それが——あらぬ——ところのもので——あり」「それが——ある——ところのもので——あらぬ」ことを選ぶのである。それゆえ、このような存在は、自己を取り戻すことを選ぶのではなくて、自己を逃れることを選ぶのであり、自己と合致することを選ぶのではなくて、つねに自己から距離をおいて存在することを選ぶのである。自己となれなれしくしないことを欲するこの存在、自己から距離をおいて存在することを欲するこの存在、われわれはこれを何と解すべきであろうか？[16]

自己の本質から逃れ出ることをさえ求めるものが「自由」であるなら「自由であるべく呪われた」人間の彷徨は、まさに果てしない、あてどないものであろう。アップダイクは堕ちる自由について語ることが多い。ひとは、善いもの、ためになるものに対して抵抗する、と彼はいう。

事実、われわれのおかれている状況が幸せであればあるほど、否定、邪悪、拒否の持つ魅力は強まるのである。すなわち律が完全にわれわれを取り囲めば取り囲むほど、われわれの高貴な被造物としての自由に対する脅威は増大するのである。高貴な被造物としての自由は、反抗の中に自己の権利を見出し、罪の中に存在感を見出し、永遠に堕落の可能性から解放される自動制御装置つき天国を、地獄にもまして恐れるのである。[17]

しかし堕ちることを望む本質からさえも逃れ出たがる人間は、どこへ向かうのだろうか。夫に自由を与えた母は、いま息子ジョーイにも自由を与えようとする。彼に自由を与えるということは、彼の上に重ねて来た幻想を断つことであり、彼に「自由を強制すること」を断念することである。

短編「脱出」において母リリアン・ドウは、息子アレンに天賦の才能があり、やがて彼がその天分を明らかにして狭い田舎町を捨て、広い世界にむけて飛翔することを信じていた。そのため彼女はアレンがオリンガーの町の娘モリーとかかわり合って、飛翔を妨げられることが許せなかった。しかし少年は天才少年の神話よりも娘を選ぶのだ、堕ちるのだと決心する。『農場』においても母はジョーイの詩才を信じており、それを埋もれさせ、圧殺してしまおうとする女たちの存在が許せなかった。自分が農場に在る自由をひたすら求めたように、ジョーイも、ひたむきに天与のものの呼び声に応えてほしいと母は願って来たのである。しかしいま自分が無用であると悟るのと同時に、彼女は夢の実現を息子の上に求めることをやめて、彼の選ぶ道を選ばせようと決心する。『ケンタウロス』の父が自己を消すことによって息子ピーターに失敗者となる自由を与えたように、彼女もついに息子ジョーイに「世襲財産をむだ使いする」自由を与えて死に向かう。

ジョーイは自由を得た。アップダイクの人物が自由に付随する虚無感に悩むのは、まだ先のことであるらしい。新しい束縛や違和感が彼を待つ。母、もとの妻ジョーン、三人の実子、農場などから切り離された自由の状態で、彼は新しい家族である継息子リチャード、妻ペギー、そしてその後に繋がっているかもしれないマッケイブやその他の男たちと結びつこうとする。利発なリチャードは高いI・Qを持つ実父マッケイブを尊敬していて、ジョーイの母を「おばあちゃん」と呼んでも、ジョーイを「父」とはついに呼ばない。ペギーの親和力に対する期待も裏切られて、ジョーイは居心地の悪い、不安定な位置を家族の中に占めることになるのである。彼が母の農場に来て得たものは、一家の中で居心地悪く孤立していた父に対する共感である。ジョーイと母、父との関係が『ケンタウロス』のピーターと母、父の関係のなぞりであって、ジョーイと母との強い結びつきが父を居心地悪くさせていたのだとするとき、ジョーイは、ペギーとリチャード少年との結びつきによって居心地悪く排除される自分に気づくだろう。在るべきところに存在し得ないという奇妙な違和感はジョーイの内部においてだんだん強いものになって来る。周囲が自分の望まない方向に刻々と変わって行くのを感じながら、その変化を止める力も、そこから脱出する力もない、というのが現代の小市民の嘆きであり、アップダイクはこのような個と全体との相克の問題を、家庭という狭い世界に圧縮して効果的に示している。変化に巻きこまれた当人の戸惑いとあがきを最も巧みに、コミカルに見せているのは『ベック氏の本』の世界であり、『農場』のジョーイはまともに追い込まれ、憤る。

母は心臓発作を起こすけれども、ジョーイたちには看病の手だてがつかない。母は老女らしい一徹さで、家でひとりで寝ていれば治ると主張する。ジョーイ一家は、結局母をひとり病臥させたままにして、ニューヨークへ帰る。雨と花粉アレルギーのせいで、訪問の主目的であった農場の草刈りも、完全に果たせなかった。嫁姑の理解を深めるという、もう一つの目的も、最初の意図通りには果たせなかった。未解決の問題をのこしたままのジョーイを、ニューヨークの呼び声――学校や会社という日常の規則の声がせきたてる。村に躊躇せず、広い世界に飛翔するという少年の頃の神話は、何の栄光も伴わないままに、形骸だけが実現する。『ケンタウロス』に始まる、栄光ある未来を約束された少年の神話は空しい結末を迎えるのである。

死の床であると悟りながら、息子にみとられることを、その飛翔を妨げることを嫌い、ひとりで、この家で死にたいと願う母の姿は、禁欲的で自制心の強い、ピューリタン的なアメリカの母の典型であろう。しかしアメリカの母が毅然として農場を律し、家族を統べ、カルチュアを形造った時代はもはや過去のものである。K・A・ポーターの短編において魅力的な、威厳と実力を備えて農場を支配する、土と血と家に結びついた老母の姿は、ジョーイの母には見られない。都市近郊の一等地を八十エーカーも一人占めにし、雑草だらけにしておく方がおかしいとされる現代なのであるから。農場を売れという現代資本の力に対する彼女の最後の抵抗は「あたしの農場を売る時にはね、ジョーイ、安く売っちゃだめよ。良い値段で売るんですよ」(174)という言葉である。涙に濡れて若々しく、すこし訴えかけるような母のまなざしにたじろぎながら、ジョーイはまともに答えられない。彼は慎重に機知を働かせて言葉を選ぶ。

「母さんの農場だって?」ぼくは言った。「母さんとぼくの農場だ、ってずっと思ってきたんだよ」(174)

母ひとりの農場ではない。母は農場で孤独だったのではなく、自分も農場を愛していたのだ、と彼は母に告げたつもりである。しかし、母の死後彼が農場を維持できない事実は明白である。この一族にだけ通じる機智を利かせた言葉で巧みに自己韜晦したジョーイの言葉の真意を、母は理解したに違いない。「真実だけしか求めない」境地にある彼女は、ジョーイがもはや完全に自分から奪われたものであること、彼が農場に帰る——即ち真実の生き方をしようという意志を捨ててしまったこと、しかもそれをあからさまに示せない気弱で善良な息子であるという事実を、改めて受け入れる。現代の男の、あがきを止めない生き方と対比される時、「空籤」を買った一生であったと悟りながら姿勢を変えない彼女の姿は「母」というストイックな存在の典型なのである。

第五章

『老人ホームのフェスタ』――人間の環

1

激しく凝縮する劇的局面に追い込まれて、あるいは感知されぬほどに微妙な罠を差出されて、アップダイクの人物はつねに負の方向を選ぶ。しかもその選択は、自覚した意志的判断によるものではなくて、手にしたものを取り逃がすような、奇妙な虚の情況の中で、正の判断を見失い、負の世界に堕ちるのである。すなわち錯誤や過失を背負う失敗者こそアップダイクの真のヒーローなのである。かれらは普通一般の人が常識とする思考・行動をせず、社会通念やモラルなどという人間の設定した共通理解にあえて背を向けて、自己にのみ固有な価値認識に従おうとして模索する逸脱者である。しかし世間的には落伍者であるかれらは同時に自己の内面にあるものを探る冒険者である。かれらは一般に受け入れられている道徳律にそむいて、ほとんど感覚あるいは記憶としてしか示されない、自己にのみ固有の「聖杯」を求める求道者なのである。自己に固有な価値観に忠実であろうとするかれらの闘いは、時には世間的には義務や責任を回避する、自己犠牲を拒否する、他者を犠牲にして平然としている、などの形で表現されて、既成の日常的倫理感覚を焦立たせる。しかも負の方向を選ぶというかれらの選択は意志的・自覚的に行われる前に、一種避けがたい運命として決定されてしまう。『走れウサギ』[1]においては、主人公ハリー・アングストロームは嬰児の溺死という決定的な場面に居合わせなかった。何かに引き止められる感じがあって、知らない町をさまよっていたのだった。『帰ってきたウサギ』においてもハリーは、少女ジルが焼死する現場に居合わせなかった。『カップルズ』においても胎児の生死は他者の手に委ねられてしまい、主人公ピエットは情況決定の鍵を持たない。"*non serviam*"[2]と叫んで周囲の汚濁を捨てるジョイスのスティーヴン・デイダラス＝ルシファーのような輝かしい墜落ではなく、ロマン主義やヒロイズムのかけらもない墜落を、高揚した使命感とはつながりようのない墜落を、アップダイクは創り出す。

しかもなおアップダイクの真のヒーローは、選択の瞬間にあって墜落の方向を選ぶ者である。

既成のモラルの網目から脱け落ちること、それによって罪、負い目を負い、著しい緊張や焦躁、苦悩の中に身を置くことこそアップダイクにとって人間的な行動なのである。

ほしいものを手に入れた人間、満足した人間、充足した人間は、もう、人間であることを止める。堕ちないアダムはサルだ。そう、わたしはそう思います。わたしは人間であるということは緊張状態にあるということだ、弁証法的状況にいるということだ、と考えます。完全に適応した人間というのは、全然人間ではない——洋服を着たアニマルか、そうでなければ統計量的に人間である、というだけなのだ、と思います[3]。

小心に、道徳的に生きようとすればするほど人間は躓く。過失を容赦しないという、中流市民に特有のきちょうめんな精神風土を把握して、アップダイクはその中で誠実であろうとすればするほど過失へと向かう人間のあがきを見つめる。そしてついに、過失・堕落・逸脱こそ人間の本質であるという理解に至る。

われわれ人間は、われわれにとって良いものに抵抗する。そうしないでいて、人間であり続けることなどは考えられない。[4]

自分にとって良い、ためになる、役に立つと分かっているものに対して抵抗し、ねじくれて反抗するものこそ、つまりあえて悪を選ぶ能力を備えたものこそ人間である、と彼はいう。しかしアップダイクの世界には、意志的に正の方向を選択して負の行動を拒み、既成の体制に奉仕する対立者群も、それなりの説得力を持って存在するのである。このような保守的人道主義者たちのまっとうな努力や献身は、この地球という曲がった球体の上に、まっすぐ生きていこうとするとは、なんと気高いアニマルの、けなげな努力であることよ、と揶揄を含んだ目で眺められるのである。しかしこのように、行動においても思考においても堕落せず、一般的規範を守ろうとする裸のサル――あるいは天使――の苦悩は、逸脱する冒険者の苦悩より一般読者の理解を得やすいために、また、アップダイク自身が平凡なものの強靭さに対して並々ならぬ関心を持っているために、真の主人公を圧倒するほどの強い実在感をもって描き出されるのである。

既存の秩序を守ろうとするこの型の人物は、牧師、医師、教師など、人々を教え導く者、いわば族長、「父」、という形で示される。これに対して第一の型に属する冒険者たちは独自の価値を求める芸術家であり、「父」の定めた律を破る「子」の姿を取る。『ケンタウロス』において、「父」であり、教師であり、陳腐な日常への奉仕者であり、重荷を負う者であるジョージ・コールドウェルと、「子」であり、脱出者であり、画家であり、権威に反抗する者であるピーターの対立は、図式的なほどに明白であり、『走れウサギ』においても、実直で常識的な印刷工の「父」アール・アングストロームと、定職を持たず、逸脱を繰返す「子」ハリーの対立が、鮮明である。さらに良識と善行をもっともらしく説くイクルス牧師と、彼に偽善者臭を嗅ぎつける逸脱者ハリーは、緊迫して対立する。『老人ホームのフェスタ』においては冒険者あるいは子――設定された秩序に反抗する、エネルギーを持った者――は現れず、「父」の姿もまだ不完全である。老人ホームに秩序と合理性を与えようと励む新任の院長コナーの姿には小心な「父」の原形があり、ここにジョージ・コールドウェル、アール・アングストロームが重ねられ、アップダイクの実父ウェスリー・ラッセル・アップダイクの姿も認められるのである。さらに、彼と対立するジョン・F・フックは、アップダイクの母方の祖父ジョン・フランクリン・ホイヤーをモデルとして創作され、父と祖父との対立も、そのまま写し取られている。「子」であるアップダイク自身は「デイヴィッド少年」としてちらと姿を現すだけである。

『老人ホームのフェスタ』はこのように、アップダイク的ヒーローが存在しない小説である。

ユニテリアンに近い、古いキリスト教モラルを体現するフックも、現代の合理主義を信奉するコナーも、ともにある時代の主流的思潮に奉仕する存在であって、冒険や逸脱を試みる者ではない。しかもほとんどプロットのないこの小説においては、かれらの信念をゆさぶるような、正負いずれにもせよ決定的な選択を強いるような、劇的瞬間は与えられない。時代を支える強力な理念がない以上、それを遵守しようとする力も逸脱あるいは破壊しようとするエネルギーも存在しえない空虚な世界が『老人ホームのフェスタ』の背景である。過失がないということは——かりに「何かの存在は何か別のものの存在を要求するものである」なら、つまりかりに神が何かを創造するとき、不可避的に対立者として強力な虚無を呼び出してしまうものであるとするなら[5]——過失の不在とはその対立者であるモラルや善や正当な行動の不在を呼び出すものなのである。アップダイクは『カップルズ』に関して「『老人ホームのフェスタ』においてと同様、この小説においても、わたしはキリスト教の後に何が?という疑問を発し続けたのだ」[6]と述べているが、終末論的虚無感は、二十世紀の混沌を生き、見て、書き抜いてきたアップダイクの根底につねに潜む一種の覚悟である。人生の最後を描く『老人ホームのフェスタ』を近未来小説の形にしたのも、ウサギ連作を几帳面に十年刻みにしたのも、「時」が永遠にあるのではないというキリスト教神学的終末論が根底にあるからではないだろうか。二〇〇一年九月十一日の世界貿易センター爆破事件も、バルト神学に造詣の深いアップダイクの、終末論的感覚を揺り動かしたに違いない。

2

『老人ホームのフェスタ』は約四半世紀後を描いた未来小説である。フックが読む新聞記事は「セント・ローレンス海路開通二十五周年をまじかに控え…」[7]というもので、セント・ローレンス海路が開通し、また小説が出版された一九五九年においては二十五年先、つまり一九八四年辺りの物語だと特定できる。初版から四版まではthe crystal anniversaryと記されていて、一九七四年という時期が想定されたのであるが、これは特定の年を定めるよりは、常に「現在」に追いかけられる「近い未来」と考えるべき設定だったことをも示している。[8]

たとえば百年後の未来物語は、ユートピアにせよ、ディストピアにせよ、現実からはかなり遠いと考えて当然なのだが、二十年という近い未来は、保険にしろ、預貯金やローンにしろ、むしろ「現在」の一部のように見做され、現在の中に組み込んで考えられてしまう。アップダイクは現在によって未来を侵食する。同時に現実によく似た図を現実ではないものとして描くことによって、現実にある事象を、仮象のものに見せる。すなわち現実の一部を非現実のものとして造形することによって、「現実」の実在性全体に疑問を抱かせ、現実を批判するのである。登場人物はほとんどが七十歳以上の老人であり、「二十年前には……」という言葉が繰返されて、われわれは、二十年先の社会から、二十年前の過去として振り返られる「現在」を見るという、手の込んだ現実批判に立ち会うことになる。

この小説のエピグラフはルカによる福音書第二十三章三十一節の

「もし、生木でさえもそうされるなら、枯れ木はどうされることであろう」

である。激高した民衆によってゴルゴダの丘に引かれていくイエスが発した、この暗い嗟嘆は凄惨な、終末論的幻想を語る予言の後に付されたものである。

「エルサレムの娘たちよ、わたしのために泣くな。むしろ、あなた方自身のため、また自分の子供たちのために泣くがよい。『不妊の女と子を生まなかった胎と、含ませなかった乳房とは、幸いだ』という日が、今に来る。そのとき、人々は山に向かって、われわれの上に倒れかかれと言い、また丘に向かって、われわれに覆いかぶされと言い出すであろう」
（ルカ二三―30）

不毛・荒廃・壊滅を予言するイエスのこの言葉は、一つのサイクルの終焉と、イエスでさえも止め得ない虚無的終末の襲来を明示している。

アップダイクの描く未来社会も、あるサイクルの終焉に向かう。ヘレニズム、ヘブライズム、経験主義、科学主義など、さまざまな文化のサイクルを次々に押し進め、そのエネルギーを消費して来た人類は、あらゆる理念を消費し尽した後の虚無状態にあるのではあるまいか。キリスト教文化が発展し、成熟し、盛衰のサイクルをすべて果たし尽して終末に至ったとき、人類には何が残っているだろう。何をよりどころとして生き得ようか。

先にも述べたように、アップダイクのテーマの一つはAfter Christianity, what?である。そして彼の興味は、黙示録的な怪奇な様相を描いて、イェイツの「ご再臨」のように、今度出現するものは何かと期待し、戦慄するのではなくて、怪奇も、暴戻も、混沌も経験し尽した後に残る虚無と枯渇を写す所にある。ベトナム戦争の泥沼に引きこまれた一九六九年アメリカを描いて黙示録的様相の濃い『帰ってきたウサギ』においてさえも、暴力や頽廃、怪奇よりは枯渇と虚無の印象が強い。その先の、西欧型文明社会が行きつく果ての未来社会は、アップダイクによって、強い個性も、強力な信条も存在しない、麻痺と退行の社会として捕えられている。その社会では、大工は釘一本満足に打てなくなり、女たちもキルト一枚手づくりでは作れなくなっている。その無気力な社会の縮図として、無為の老人たちの楽園ともいうべき、公立老人ホームが存在するのである。そこには男も女もいるのだが、子供が生まれることはない。その前段階である性の営みもない——たとえば老人ホームに清涼飲料水を運ぶテッドの恋人は「尼僧クラブ」に入っていて、体を見せてはくれるが、触らせてはくれない。思想も行動も激情も存在しない、疲れを知らぬのは舌の筋肉だけ、というこの低エネルギーの社会に、存在するものは無限の微弱な「生」だけである。そして、「死」の脅威や苦痛によって高められることすらない「毎日が休日である」(55) 生活の中の祭りとして、八月の第三水曜日に、フェスタが行われるのである。切れ目のない老人たちの「時」に対して、自然の「時」は第一部朝、第二部昼、第三部夜、と正確に小説の中の一日を刻んでいく。

3

この作品を動かすほとんど唯一のアクションは、死にかけの猫に関する事件である。フックは入居者の一人グレッグと歩いていて、車にはねられたらしい茶色の、前足が折れた、顔半分が潰れて片目がなくなっている、惨めな雄猫をみつけたのだった。一目でもう助からないと分かるこの猫が「小さな、人間とは全く違った顔付きをしていながら、毛皮と傷を通して、はっきり、丁重に慈悲を乞うという印象をコナーに伝えて来るのが気味悪いほどだった」（45）グレッグは院長コナーに対する反抗の手段としてこの猫を飼うつもりである。猫が、肉片を与えられても、もう食べる気力が全く失せている瀕死の状態にあることに、彼は気づかない。猫が「慈悲を乞うている」とは彼は考えない。他方二人のリーダーたち——所長のコナーと長老のフックは、ともに、死なせてやるしかないと考える。コナーは猫そのものは哀れと思いながらも、秩序と清潔を守るためには止むをえない処置と割切って、バディに射殺を命令する。新しいタイプの若者バディは思考も感情もなく、ただ上司の命令に忠実に従って、銃を持って外に出る。単純思考者の手にかかる時、死は単純である。

じらされてますます快感が大きくなるのを感じながら、バディは引き金を引いた。銃声は彼の耳にぴしゃりと響いただけで、ひどく遠くのほうから聞こえるような気がし、彼を失望させた。
この標的が壜であったとしても、その中の液体はこの猫の生命ほどすばやく飛び出しはしなかっただろう。猫は身震い一つせずに倒れた。(61)

彼は靴先で死骸をひっくり返してみただけで、埋めてやりもしなかった。
フックは昔小学校教師をしていた頃、小学生がムササビを見つけて、ホッケー用のスティックで叩き、いじめて半殺しにした事件を思い出す。死にきれずにぴくぴく震えているムササビを、彼は手斧で殺してやらなければならなかった。

金切り声の聞こえる場所に押し入ると、部屋の真ん中あたりで、灰色の毛皮の塊が、最後までしつこくしがみついて離れようとしない生命のために、ピクピク震えていたのだった。フックは泣きながら、そして震えながら、地下室から手斧を持ってきて、自分で殺してやらなければならなかった。生徒たちはもう本を持って、教室の中に入ってしまっていた。(47)

泣きながら行った慈悲の行為だったと彼は思う。そして彼の関心は小動物の死よりは子供たちの残虐性の方に外れて行く。フックの行動は瀕死の動物を苦しみから救うと同時に、子供たちを残虐な興奮から救う手だてでもあったのだった。瀕死の小動物を、無用の苦しみから救って、死を与えてやるという、これら管理者たちの苦しい決断とは対照的に、短編「泥の道・教会に行く・死んでいく猫・トレードされた車」の主人公デイヴィッド・カーンは、車に轢かれて死にかけている雌猫を、あえて殺してやりはせず、生垣の後の静かな場所に移して、そのまま死なせてやろうとする。それは彼の最初の子供が生まれた夜のことで、抱いた時、猫は赤ん坊ほどの大きさと感じられる。デイヴィッドの態度には、フックやコナーには見られない、苦悶に対する畏敬の念がある。それは外部で起こった出来事を自己内部と結びつけて、その事柄の示す意味を読み、ともに苦しもうとする姿勢である。

老人ホームの入居者は誰一人傷ついた猫に死の苦しみを全うさせてやろうとは思わず、マークルのコメントのように「この猫は科学主義に追いつめられた老人たちの象徴である」[9]とも思わず、猫の存在に気付いた者さえごく小数であった。猫を殺す銃声も、ごく小数の者に疑念を起させただけで、他の雑音に紛れてしまう。

狩猟・牧畜文化の民族は長年動物と共存して暮らしてきたために、牛馬から犬猫、ウサギなどの小動物にたいして、人間として取るべき態度がおのずから定まっているように思われる。人間は家畜・愛玩動物などの管理者であり、清潔に、快適に、環境を整えて生活させてやる義務がある。猟犬のように目的があって飼育する場合は、その目的に専従して優れた結果を出すように訓練されなければならない。飼育する人間にとっても、飼育されている動物にとっても、気持ちよく生活し、能力を発揮して働くことが大切であり、苦痛を与えることがあってはならない。老・病・死の苦痛は無用のものであり、味わわせてはならないものである。つまり飼育者である人間は、人間に対する神のような存在でなければならない。

前章で大地母神の主題に関してスタインベックに言及したが、スタインベックは慈悲殺の主題においても、アップダイクに先行している。スタインベックはいくつかの作品において慈悲殺の主題を扱って、際立っているが、ここでは『二十日ねずみと人間』を取り上げたい。『二十日ねずみと人間』においては、農場にいわば飼い殺しの状態で暮らしているキャンディ老人が牧羊犬を飼っている。犬は老いぼれて役に立たず、汚く、悪臭を発し、リューマチで辛そうである。辛そうな毎日を生かしておくだけ無駄だ、いや、有害だ。撃ち殺して新しい犬を飼えばいいじゃないか、というのが、乱暴な若いものの主張である。牧童たちのリーダーが承認したために、犬は射殺された。一同は重い気持ちで受け入れる。やがて知能の足りないレニーが農場の若妻を殺すという事件が発生する。逃れられない状況と見て、親友ジョージはレニーを射殺する。リンチされ、苦しみぬいて、なぶり殺しに殺されるよりは、苦痛なく死なせてやるのが慈悲だ、というのが、ジョージの考えである。作者スタインベックも、したがって読者・批評家も、つらいけれど、苦しませる意味が無い、一思いに死なせるのが慈悲だ、それ以外にないと考え、重い心で現実を受け止めるのである。これはいわば正道を行く考え方である。

『老人ホームのフェスタ』における所長コナーの考えもこれである。苦痛は無用のものであり、従って悪である、悪はこの世に存在すべきではないと彼は考える。実は彼は無類の痛がりやであって、近所の子供たちがその猫を石油に漬けているところなどを想像しただけで吐き気に襲われるのである。「残虐性というものにたいして、たいていの男たちが持っている忍耐力」(852)が彼には欠落している。猫の苦痛よりもまず、自分が苦痛を感じたくないために、彼は処分を急いだのだった。入居者の一人エリザベスに問われて語るコナーの天国観は、この地上に、病気も苦痛も無駄もない、金銭も必要としない理想社会を作るべきだという理性的なものである。地上の楽園を彼は思い描いていう。その大地においては

苦しみというものがなくなり、美が崇拝される。芸術は苦闘ではなく充足を写すことにな

る。おのおのが自己を知り、妄想も混乱もなく、自己認識の範囲内で、自覚した、有用な生活を建設する。仕事と愛。公園。果樹園。分かりますか。何世代にもわたって人間の心をゆがめ、肉体を萎縮させてきたさまざまな要因は破壊され、人間は広野の木のように成長していくでしょう。無駄というものがなくなるのです。苦痛というものがなくなり、とりわけ無駄というものがなくなります。そしてこのような天国はこの地上に実現するのです。(107)

理性的で無駄の無い天国という図は、翼の生えた天使のいる天国を想像したまま動かないエリザベスの感情を、満足させることはできなかった。彼女を満足させるのは、もっと古い、古典的なユニテリアンの価値観に立つフックの代償説である。善と悪、苦痛と喜びは表裏一体をなすものであり、苦痛は無用ではなく、美徳の発現に機会を与えるものである。このようなフックの考えに老人たちは納得する。コナーによる、いや、法則も因果律も宇宙には存在しないのだ、ネロより残酷な白痴によって作られたようなこの世界にあって、われわれは選択の自由を持たないのだ、人間とは怪物のようなもの、人生とは出口のない部屋で荒れ狂っている狂人のようなものだ、という実存主義的な反論は、老人たちには理解されない。新しい世界観をもたらそうとして、大衆の理解を得られず、支持を得られずに失敗する彼の姿は、この物語の下敷きになっている、民衆に投石されて殉教した聖ステパノに似てくる。

苦痛は無用なのか、無用のものに存在の意義はないのかという問題は、アップダイクが繰返し取上げる主題の一つである。『農場』における老いた母親、『走れウサギ』後半で、脳溢血のために半身不随となった姿をさらす元バスケットボールコーチのトセロ、「われらの牧場」に登場する老婆ユーラ、『帰ってきたウサギ』において示される、パーキンソン病にかかって、かつての精気を全く失ってしまった母親の姿、さらに「最も弱い大統領の一人」ブキャナンの瀕死の有様をじっくり描く時、アップダイクが、身動きもできず、ただ生きて苦しむだけという状況を、人間が還元され尽した最も根源的な姿と見ていることが明らかになる。この主題はあの傷ついた猫の処置と重ねられ、さらにバディが語る、骨の癌にかかった友人を看護して死を迎えさせた少年期の体験と重ねられて、議論は一気に核心に触れる。

骨の癌にかかり、体を動かすたびに骨が砕けるという苦しみに陥った幼い病人とバディは、何年も神に祈り、ついにはせめて早く死なせてくれるように、癌が完全に彼の体を弄び抜かないうちに死ねるようにと、祈った。しかし神にとってはごく簡単なはずの、こんな些細なことさえ、神はしてくれなかった。とうとう医者が手を下して、十五歳の誕生日にその幼い友人を

――実は双生児の弟を――薬で殺してくれたのだ、というのがバディの告発である。

It would have been such a little thing for God to do, yet it was not done, even that little thing. (116)

全能の力を持ちながら神はなにもしてくれないのかという疑問は、おそらくこの時期のアップダイク自身のものであったろう。『走れウサギ』において、泥酔した妻の過失から赤ん坊を失ったハリーが、神のありように戦慄を感じてつぶやく言葉は、バディの告発とぴったり重なる。

He thinks how easy it was, yet in all His strength God did nothing. Just that little rubber stopper to lift. (*RR*, 277)

神とは何もしてくれないものの名なのか。神の代りに人間が手を下さなければならないのか。それは人間の傲慢にはならないだろうか。苦しむ少年を薬で死なせてやった行為がもし悪であるなら、それは行動しない神に起因する悪なのではないか。ムササビの命を絶ってやったフック、傷ついた猫を射殺させたコナー、実際に手を下して射殺し、苦痛を感じる生命を奪ってやったバディ――彼は少年の日のことを思い出しただろうか――逆にデイヴィッドのように、死を迎える苦痛に心を打たれて見守るだけの行為まで、人間のとる態度はさまざまであり、またとるべき行動に迷う人間の戸惑いもさまざまである。しかし、少なくとも何かをしてやろうと模索する人間にくらべて、何もしない神のありようはなんと非人間的なことだろう。

浴槽に満々とたたえられた水の印象と相まって、何もしないが、とぐろを巻いて人間の行為を見つめている神の姿が『走れウサギ』においては明白であるのに対して、『老人ホームのフェスタ』においては、神は不在という印象が強い。老人たちが、亡くなった前所長メンデルスゾーンがかつて坐っていた壇にむかってうやうやしく頭を垂れる時、その姿は不在の神を崇める人間の営為を示唆する。神の存在に関する疑問はアップダイクの世界の根底に横たわる課題であり、解答はまだ見出されていない。解答への手懸りもなく、議論も十分につきつめられないうちに新しい事件が起こり、祭の実現にむかって筋が動き出す。この場面をしめくくるフックの言葉は、無駄と見えるものもまた有用であるという、年齢と経験を積んできた人間による一つの解答である。

「信仰がないところに善行はありません。ただビジネスがあるだけです。そして信じたことがない者は、人生の終わりになって、自分がこの世の土のなかに才能を埋めてしまって、あの世に持っていくべきものを何も取っておかなかったことに気づきますよ」(116)

コナーへの投石行為を惹き起こす動機のひとつとして、清涼飲料水を運んで来たテッドのトラックが、施設の石塀を壊してしまったという事件がある。石塀の崩壊は過去に関する神話の崩壊である。昔の大工の手で入念に建てられた筈の、一見頑丈そうな石塀が、実は砂と水で作った二枚の殻にすぎず、昔の石工たちも結構手を抜いていて、粗石や野石をセメントで固めもせずに詰めていたことが分かるのであるから。神にもまして老人たちのより所であり、愛惜やプライドの源であった「過去」が、実際は大した価値のなかったことがこうして明白になる。過去さえも虚構であることが老人たちに暴かれる。

祭りの日に訪れる町民たちの目に、管理の手落ちがさらけ出されることを怖れたコナーが、老人たちに石やセメントの破片を片づけさせようとしたことから投石事件が起こる。猫を殺されたと知って憤ったグレッグがコナーに石を投げ、群集心理にかられた老人たちが一斉にコナーに石やセメント片を投げたのだ。しかし力の弱い老人たちの投石は実際にはたいした脅威ではなく、老人たち自身も事態のおかしさに気づいて笑い出し、投石は止む。『ケンタウロス』の場合のコールドウェルが、教室で生徒に金属の矢を射込まれ、傷つけられた教師という立場で苦しむのに対して、この作品の投石は無力な老人たちの若い院長に対する反抗であって、事態は深刻であるよりはおかしく、グロテスクである。前章で神のありように疑問を投げたという高みから、一転してサルのような投石行為に走る人間というものの存在を、アップダイクは冷静に捉えている。

4

アップダイクは初期の自分はヌーベルバーグ作家であったと認め、『老人ホームのフェスタ』を反小説あるいはヌーベルバーグ小説と考えたと語って、ユニークな結末を説明する。

わたしは一種の緊張を作り上げ、それから、それを解決する代わりに溶解させようとしました。小説はいわば愚者の祝祭で終わります。人々がフェスタにやってくる。そのがやがやいう話し声が聞こえ、すべてが溶け合う——自分としてはやや実験的小説を書いたという気持ちでした。[10]

結論を与えられぬままに拡散してしまう結末だ、と作者が語るとおり、投石で高揚した老人たちの気分は自己嫌悪に変わり、ばらばらになって祭の群集の中に隠れてしまう。事件は事件としての力を失い、ただ断片的な噂話として、人々の会話の中に、きれぎれに撒き散らされるだけである。町の人々がそれぞれの話題を持ってやって来たのだ。老人ホームのフェスタに出品される、老人たち手製のキルトを買いつけに来た商人、家庭内や近所づきあいの悩みを語る会話などが交錯する中で、グレッグはひとり、狂ったような幸福感に浸っていた。今まで口先だけが激しかったのだが、初めてそれを行動にあらわし、復讐を果たしたのが嬉しいのである。

アップダイクはバースの『フローティング・オペラ』について語り、『老人ホームのフェスタ』と同質の面と異質の面について論じた後に、両作品とも一種のカーニヴァル、存在するという事実を祝う愚者の祝祭で終わると述べている。[11] ヴァーゴはノウルズの『単独講和』の結末との類似も指摘していて、ともに「ディオニソス的どんちゃん騒ぎで終わる」[12] と論じている。しかしここに描かれた老人ホームのフェスタは、決して小説を押し流すエネルギーに溢れた、自己解放に陶酔するバッカスの祭りではない。現実のアメリカのフェアがそうであるように、このフェアも、祭りを主催する主人側と来訪する客とは、同時に売り手と買い手の関係であり、両者はあくまでも冷静な別個の存在である。祭りの場にある者は、売買、飲食、歩く、しゃべるという日常的な、知的な行為で結ばれているのであって、そこには抑圧された情念の噴出もなく、不気味な混沌もなく、濃密な共感も経験しない。この老人ホームのオープンハウス兼バザーのような祭りは、「祝祭に終わる」というにはあまりに冷静であり、混沌の情感に欠ける。それは決定的に、生命力が根底から枯渇しているからである。

祭りの終わった真夜中、フックは気分の悪さで目が醒める。痰のからんだ胸苦しさは、死が間近に迫ったことの予兆であろう。「この地上に、永遠に生き続けるだろう」(37) と、それまで奇妙に「死」の要素が欠落しているために、無気力に――ケンタウロスのように――永遠に生きる可能性を感じて来た彼は、今、俄かに「コナーに知らせなければならない助言、二人の絆として、自分が死んで行く意味をこの世に留める遺言としての助言」(185) を手探りする。彼は遺すべき言葉を掴み得ぬままに死ぬのだろうか。

ここで、ほとんど目的もなしにフェスタにやって来た人々の中に、母方の祖父に手を引かれてやって来たデイヴィッド少年がいたことを思い出さなければならない。ジョイスの「アラビイ」とも比べられる短編「ね、どんなに愛しているか分からないだろう」において、十歳の少年ベンは、祭りにかけるわくわくするような期待、その夢の崩壊、後に残る苦汁を知るのであるが、デイヴィッドは聡明な観察者として、町のたたずまい、養老院の塀、砂糖菓子の色、早く来すぎたために感じる場違いな、しらけた気後れなどを記憶に止める。すでに家庭のなかで祖父と父との間にある緊張関係を悟っているこの少年は、あくまで点景人物の一人に過ぎないのであるが、その何気ない登場のゆえに、また「鳩の羽根」其他の自伝的短編の主人公デイヴィッド・カーンと同じ名を持つゆえに、少年ジョン・アップダイクの自画像と考えられるのである。第二部の初めに、雨に濡れてひっそりとした芝生の上を見たコナーが、芝生の上の空間が空虚ではなくて充満を示唆している事実、誰にも気づかれないうちに祝祭はそこに来ているのだ、という事実を悟るように、誰にも気づかれない間に、無意味に集散した町の人々のなかの少なくとも一人、この少年に、伝えられるべきものは伝えられていたのである。

現代の混沌を描きながら、アップダイクが他の作家たちと截然と異質であるのは、彼が自己の内的体験から生まれたある価値観を確実に持ち、また一種、型ともいうべきものの感覚を確かに把握している点である。彼はこの型をさまざまの人物の上に見る。祖父であること、あるいは父であること、息子であることという感覚はアップダイクの個人的経験から掘り起こした共通項として、すなわち共通の神話として、登場人物の上に置かれる。自己の文学に関して彼は「確かにいくつかの小説を結ぶ水面下の糸がある。おそらくこの水面下の糸は自伝的なものだろう」と述べているがこの水面下の糸という言葉は、この意味において理解されるべきであろう。彼の小説はたしかに自伝的事実を素材としているが、目的とするところは単なる素朴な自伝的外的事実の復元ではなくて、自伝的事実から読み取った型あるいは寓話・神話を別の状況の上に重ねて状況を理解すること、と考えるべきであろう。神話の使用に関しても、ジョイスの手法との相違をアップダイクは次のように語っている。

それは『ユリシーズ』の手法とは全く異なる実験です。『ユリシーズ』の場合は、神話は外面的事実の下にひそんでいるが、わたしの場合、外面的事実が、いわば神話の仮面の働きをするのです。[13]

『老人ホームのフェスタ』は、当時二十六歳の青年の処女作としてはあまりに完成されすぎているという批評を多く受けた。感情移入をせず、作者の客観性が確立している点が注目され、「このように完全に『閉じた』作品を書いて、今後この作家はここからどう進むのだろうか」と危惧され、またメアリー・マッカーシーが、老人たちをあのように、いかにもそれらしく創造したことは「老人をたくみに演じる少年俳優を見るような、薄気味悪い成功作」であると批評したと伝えられているが、[14]一見作者の生活と縁遠く見えるこの作品が、自伝的要素という内在する糸によって、作者に身近な世界であったと理解できるのである。

インタヴューに答えてアップダイクは、『老人ホームのフェスタ』が本当の処女作ではなくて、その前に*Home*という仮題の長編を書いたこと、それがあまりにも処女作臭の強い出来栄えであったために、自分の長編第一作になるべきものではないと考えて上梓しなかったこと、『老人ホームのフェスタ』は三ヶ月を費やして書き上げ、あと三ヶ月かけて書き直したものであることなどを語っている。[15]

感じやすい少年期に、多くのものを背負わされていたアップダイクにとって、「家」は正面から扱うには重すぎる材料だったのであろう。しかし作品のほとんどに繰り返して「父と子」「祖父と父」「母と子」など「家」の主題が取り上げられている事実を考える時、作品にならなかった*Home*は、そのためにかえってアップダイクの世界を重く覆うものであるように思われる。『老人ホームのフェスタ』に内在する型は祖父、ことに母方の祖父と父との対立であって、『ケンタウロス』においても繰り返されるものである。視力も体力も衰えながら、人格の力で人々の間に卓越するフックが家庭内の祖父のイメージである時、[16]能力があり、働き手でありながら支配性が認められず、焦立つコナーは、家族のなかの若い父であり、『ケンタウロス』で描かれるとともにアップダイク自身の少年期と重なる世界である。「父」を批判する対立者であり、アーティストとしての将来を荷なう「子」は『老人ホームのフェスタ』では作品中に登場せず、外枠に、語り手として、「父」コナーのそして「祖父」フックの批判者として存在している。この存在のために、一見クールに、筋も主人公もないヌーベルバーグ小説という構成でありながら、緊張と熱気をはらんだ作品となっているのである。

批判者であったアップダイク少年は、今、祖父になっている。娘の結婚によって、少年の日にあんなに胡散臭く思った「母方の祖父」にもなっている。祖父という新しい役割に戸惑いながらも、幼いものに残したいことは多いにちがいない。その意味でフックは祖父をモデルとしているると同時に、アップダイク自身のペルソナともなっているのである。

絶望的な未来図を背景にして、西欧キリスト教文明終焉の後は、何が来るのかと問いかけるこの小説に、「祖父」と「父」の対立、それを見守る「子」の存在という型を用い、しかも「祖父」から幼い少年に何かが譲られ、伝えられる可能性が暗示されるとき、そして少年に祭りが記憶されるさまを精緻に辿り、愚かしいまでの人間の営為の産物として作られるもの——昔風の飴、桃の種を磨いて作った細工物、小布をはぎ合わせて作ったキルトなどを丹念に写す時、アップダイクの、絶望せず、神を除外した人間の環——「人間で作った、夜を追い出す魔法の環」[17]の中に、すなわち人間の歴史自体の中に、救済を見出そうとする姿勢が窺われるのである。

第六章

結び――九・一一事件以後のアップダイク

神というものはないのだ――世界貿易センター南タワーが崩壊するのを見た瞬間に、ダン・ケロッグが受けた啓示はこれだった。[1]

『アトランティック・マンスリー』二〇〇二年十一月号に掲載された短編「宗教的経験のさまざま」はこのような書き出しで始まる。

実は二〇〇一年九月十一日、世界貿易センターおよびアメリカ国防総省襲撃同時多発テロ事件当日、アップダイクはニューヨークのブルックリン・ハイツにある親戚の家に来ていて、貿易センター北タワーの頂上から黒煙が上がるのを、一マイルと離れていない近距離から見たのだった。四歳の幼女とベビーシッターに呼ばれてその指差すほうを見ると、窓の向こうに恐ろしいというより奇妙な光景が見えたのだ。

沢山の紙片が混じって斑になった黒煙が雲ひとつない空の高みに向かって巻き上がり、奇妙なインクの川が巨大ビルの垂直な、筋状の壁面を流れ落ちていた。[2]

『ニューヨーカー』九月二十四日号は「町の噂」コラムをこの事件特集とし、アップダイクのほかジョナサン・フランツェン、スーザン・ソンタグら多くの作家たちの寄稿を集めている。アップダイクは「コメント」として南タワーが爆発して巨大に膨らんだ炎と化した驚愕を（というのも建築群に阻まれて、飛行機の接近は見えなかったから）、そしてテレビでも見ているように現実の光景に全く現実感がなく、これは修復可能なのだ、なにか高度のテクノロジーによって、塔の火を消し、破壊を修復することができるのだ、と感じたその感覚を消すことができなかったことを書いている。屋上から見ている目の前で南タワーはまっすぐ、エレベーターのようにまっすぐに視野から落ちていった。震動と轟音、さまざまな鋭い音響と揺れは、一マイルむこうから手に取るように響いてきた。そして落下するのは自分たちであるように感じたのだった。イーストリヴァー対岸の建築群が、陽光を浴びて身じろぎもせずに立っていたこと、きらきらするその陽射しの中に突然虚空が出現したこと、海に向かって流れていく刺激臭の強い煙以外は、空も真青に晴れていたことを彼は鮮明に記している。

規模は全く違うのであるが、自宅が炎を上げて燃えるのを見る『帰ってきたウサギ』のハリーの驚愕、「元に戻れ、元に戻れ」（*RRed*, 325）と祈る心境は同じだったろう。しかも火の中にはジルがいたのだ。もちろん貿易センタービルの中には現実に何千という人がいて、アップダイクは突然その何千という死の立会人になったわけなのだ。その何千という人にとって、死はあまりに突然であり、その意味さえ不明であったに違いない。全く取返しがつかない悲劇に対して「元に戻れ」と祈るのは普通の人間のごく普通の切望なのだが、アップダイクはあるいは「量子――軌道――叙述ジャンプ」[3]の可能性をごく微かにでも感じたかもしれない。

「宗教的経験のさまざま」に戻ろう。アップダイクはダン・ケロッグという、娘の家を訪ねてシンシナティからニューヨークに出てきた善良で穏和なおじいさんというペルソナを使って、『ニューヨーカー』掲載のエッセイより具体的に、視点を絞って、その驚きを記していく。ダンがその油っぽい、いがらっぽい黒煙の巨大な量に驚き、煙の黒い柱の中にひらひらしている無数の、白い段ボールのように見えるものはなんだろうと訝っているとき、その高層ビル自体が、まるで少女が絹のガウンをはらりと落とすように、銀のさざめきとともに、外壁を落として消えてしまったのだ。そのとき彼は沈黙の天を引き裂く抗議の叫びを聞いたような気がする。このように手ひどく打ちのめされて呻く人間たちの声を聞いたような気がする。そのあとには膨大な量の静寂があるだけだった。

この静謐な天空のドームの下では、この事件さえも小さいのだ。神は手を出していない。なぜなら神なんてないのだから。神には手がない。目もない。心もない。何もないんだ。

(94)

ダンは監督制教会派の法律家として六十三歳の今日まで慎み、祈り、ペットをなくした子供の嘆きから戦争や疫病の苦難にあえぐ人々の悲嘆に至るまで立ち会ってきて、ついにこのような認識に到達したのだった。このストイックな無神論に到達すると同時に、彼は自己の卑小さ、無力さも十分に認識している。あの時あの場に自分が居合わせたとしても、いったい何ができただろう。仕事に出ている娘グレッチェンの帰りを待ちながら、ダンも孫娘のヴィクトリアも、ベビーシッターのルシルも不安になってくる。グレッチェンは貿易センタービルに行った可能性があるのだ。しかし、ダンが幼い孫娘の率直な疑問をなんとか凌いでいるときに、グレッチェンは有能なキャリアウーマンらしくテキパキした足取りで帰宅した。上の娘を学校に迎えに行く、万一に備えて銀行から金を引き出す、食糧や日用品をスーパーで買い込むなどの仕事がグレッチェンの指図どおり進行するうちに、町では献血者が列を作り、星条旗が翻り、店々のウインドウには髭剃りクリームの泡を使ってGod Bless Americaの字がでかでかと書かれる。

物語はオムニバス形式で、一週間前、イスラム原理主義の実行犯モハメッドとナワフがバーで、自分の信仰を胸に秘めて、俺はアメリカン航空のパイロットだと口走るというエピソードが入り、次に当日まさにその時間、ビル内で働いているジムにニュージャージーの自宅にいる妻から電話がかかり、何気なく話すうちに二人とも重大な事態に気づくというエピソード、次に国防総省を襲って墜落する旅客機に乗り合わせた若い女性客の祈りがあって、六ヶ月後のダン・ケロッグに戻る。

五歳のヴィクトリアがファナティックに「いつか悪い人たちがみんないなくなったら、あれを建て直すのよね。前とそっくり同じに」というのに対して彼は「それはあまり感心しないね、それにアメリカ的でもないよ」と答える。グレッチェンが「なぜアメリカ的でないの」と尖った調子で切り込んでくるのに対して彼は巧妙に答える。

「わたしたちは進んでいくんだよ。そうだろう? 国家として。わたしたちは失敗から学ぶんだ。あの塔は必要以上に高すぎたよ。アラブの人たちが言うのはもっともだ。あのビルは見せびらかしだったんだ」

物語は幼女の言葉で終わる。

「先生が言ったんだけれど、あの青い光は虹みたいなものなのよ。もう二度と起こらないっていうしるしなんですって」(104)

小説としての出来栄えはあまり良くないが、ペルソナの使い方は巧みである。アップダイクは穏やかで芯の強い老人ダンを用いて、幼い孫娘の単純で極端な物言いを抑え、神と人間の本質に思考を持っていく。支配的な言論に流されず、自己にのみ示された啓示に従うところは、ハリー・アングストロームが老成した姿とも言えるだろう。彼は女性たちを連れて教会に行き人間という動物に感嘆する。

犬のようにわたしたちは神の手を舐めに這い戻ってくる。神は、もし存在するのだとしたら、ついさっき、私たちを残忍に蹴りつけたばかりなのだ。残忍に蹴りつけられれば蹴りつけられるほど、私たちはへりくだって、熱心に、その手を舐めようと這い進むのだ。(95)

キルケゴール、チェスタトン、と読破したダンは、神はいないのだ、という啓示を受けて心を躍らせるのだが、それは彼ひとりの胸に秘めた信念である。なぜなら大衆はそうは思わないのだ。残酷な仕打ちを受ければ受けるほど、人間は神の許に這いよっていく。『走れウサギ』においては、幼いレベッカ・ジュンはハリーから掴み取られる。『帰ってきたウサギ』においては十八歳の少女ジルが奪い取られる。さらに最近作『わたしの顔を探しなさい』[4]において、世界貿易センター南側に住む若いインタヴュアーは自分では全く気づかず、ヒロインにも知られぬままに、まっすぐ自分の宿命の中に足を踏み入れていく。

もし神が存在しないなら、存在しないものがなぜ、いけにえを要求するのだろう。神とはあ

るいは

私タチハオ前ノ肉体ヲ愛スル。ソノ味ワイヲ。ソノ色調ヲ。死神ノ口カラ吐カレルソノゾットスル香リヲ…オ前ノ細イ骨ガ私タチノ重イ優シイ前足ノ下デ砕ケルヨウナコトガアッタラ、ソノ罪は私タチニアルノダロウカ？[5]

と嘯くものであるのかもしれないのだが。人間はいけにえになってぐったりしたものを腕の中に抱える。デイヴィッド・カーンはぐったりした瀕死の猫を腕の中にそっと抱え、ピエット・ハネマは猫に一撃されたハムスターを新聞紙に包んで腕の中に抱える。ジョーイ・ロビンソンは離婚のために手放した幼い娘の重みを——眠くてくたくたになっている肉体の重みを——腕の中に記憶している。ぐったりと重いものをしっかりと抱く。それは肉体という、ぐったりと重いものを持つ人間の強みであり、人間はそれへの切実な愛によって神に対して立つことができるのである。もしアップダイクの神が「あのさまざまな途方もないけだものたちが一心に沼地から這い出てきては、人間に進化するまでの、長いねじくれた道の途中であえなく死んでいくのを」[6] 忍耐深く見守ってきたものであるなら、神はなお忍耐深く、どこかに存在し、ごく稀な瞬間に、触れてくる人間を待っているのかもしれない。アップダイクは神に対して、せめて人間が取るのと同じ姿勢をそのいけにえに対して取るように、ぐったりしたいけにえをその腕にしっかりと抱いてくれるようにと、求めるのである。

注

第一章『ケンタウロス』――父と子という表象

（1）John Updike, *Rabbit Angstrom: A Tetralogy* (New York: Knopf Everyman, 1995) Introduction, xi. 以下 *RA* と略。この Introduction 部分は『さようならウサギ』（井上謙治訳）巻末にも付されている。

（2）Updike, *Hugging the Shore* (New York: Knopf, 1983) 849-50. 以下 *HS* と略。

"*Rabbit, Run* was originally to be one of two novellas bound into a single volume; with its companion, *The Centaur*, it would illustrate the polarity between running and plodding, between the rabbit and the horse, between the life of instinctual gratification and that of dutiful self-sacrifice."

RA にも同様の記述があるが、やや漠然としている。

（3）*HS*, 852.

（4）Wesley Russell Updike (1900-1972). アップダイクの父。ニュージャージー生まれ。電信電話会社で働いた後、Shillington High School の数学教師として教壇に立ち、実際に息子ジョン・アップダイクを教えた。ジョンは数学がよくでき、ウェスリーも人気ある教師で、小説『ケンタウロス』のような軋轢はなかった。父親をあんなふうに描くなんて、と知人が批判したときウェスリーは「いや、あれが本当だ。あの子はわたしをちゃんと捉えている」と語ったといわれる。『ウサギ』連作においては Harry Angstrom の父として、また「鳩の羽根」その他の作品においても、彼をモデルとする人物は実直で温和な父親としてよく登場する。なお、ウエズレーという片仮名表記も可能かと思い、アップダイク氏に確かめたところ、左記のような親切なお答えを頂いた。

“... Some of my father's soft-spoken New Jersey relatives called him “Wezley,” but my mother and his local friends called him Wessley 〔li〕, just like the founder of the Methodist church. In general, the name comes from the great Methodist, and is pronounced as he did.”（二〇〇三年一月三日付アップダイク氏からの私信より）。

（5）John Franklin Hoyer (1863-1953). アップダイクの母方の祖父。妻 Katherine Kramer Hoyer とともに Shillington で、また plowville の農場で、アップダイク一家と同居した。昔風にメリハリの利いた話し方をする人、とアップダイクは記憶している。『老人ホームのフェスタ』にはジョン・F・フックとして登場する。

（6）Jack De Bellis, *The John Updike Encyclopedia* (Westport, Connecticut: Greenwood Press, 2000) 94.

（7）Updike, *The Centaur* (New York: Alfred A. Knopf, 1972) 22. Cと略。以下引用はこの版により、本章においては、同書からの引用は括弧内に頁数のみを示す。訳は筆者。

（8）*Picked-Up Pieces* においては、レイプは大衆が、不倫はブルジョアが、近親相姦は貴族が犯す性的な罪だと述べている。

（9）Updike, *Self-Consciousness: Memoirs* (New York: Knopf, 1989) 45-46. 以下 *SC* と略。

（10）岩元巌『アメリカ文学評論』第一八号、筑波大学アメリカ文学会、二〇〇二年、一―一二頁参照。岩元氏はアップダイクがこのように自伝としての『自意識』を書く気になった大きな理由の一つとして、長女が西アフリカ出身の詩人コブラー氏と結婚し、アノフとヌティリという二人の息子をもうけたことを挙げている。二人の混血の息子たちは「成長につれて、彼らは必ずや自分の存在に困惑を感ずるときがあるはずである。アップダイクは、自分の孫であるこの二人にアフリカの父の血の意味を説くとともにアメリカの母の家系を知る限り記して、彼らに二つの血の中に誇るべき歴史が秘められていることを伝えておきたかったのであろう。」

『自意識』の「ぼくの皮膚との戦い」という章においてアップダイクは、乾癬という目に見える表層の悩みを書いて、最終的に克服できたのだと語っている。

（11）W. B. Yeats, “Leda and the Swan”, *The Collected Poems of W.B. Yeats* (New York: Macmillan, 1958) 211. 出淵博訳。

（12）Yeats, “The Words Upon the Window-pane”, *The Collected Plays of W. B. Yeats* (London: Macmillan, 1952) 1042.

(13) *Purgatory: Manuscript Materials, Including the Author's Final Text by W. B. Yeats*, ed. Sandra F. Siegel (Ithaca and London: Cornell University Press, 1986) 87. シナリオの次に書かれた第1詩稿 [VA9v][139-43] 11.5-10. であるため、決定稿とはかなり違う。

(14) Yeats, "The Herne's Egg", *The Collected Plays*, 650.

(15) 中田崇「ハイウェイの現象学——機械身体の精神性——クローネンバーグの『クラッシュ』を見る」鷲津浩子・森田孟編『アメリカ文学とテクノロジー』、筑波大学アメリカ文学会、二〇〇二年、二〇五頁。

(16) 創世記第四章1—16。スタインベックはカインとアベルの物語を『エデンの東』の中心テーマとして、二代に及ぶ、父に愛されぬ息子の悲しみと嫉妬を描いた。

(17) De Bellis, 95 参照。

(18) IN RESPONSE to the invitation of Whit Burnett to contribute a selection to his anthology *This is My Best: In the Third Quarter of the Century* (Doubleday, 1970) *HS*, 852. 参照。『ケンタウロス』第五章はこの「良い男」ジョージ・コールドウェルの死亡記事である。これに関して、ヴァーゴはアップダイクがこれは架空のものだと語ったと述べ (Edward P. Vargo, "The Necessity of Myth in Updike's *The Centaur*," *PMLA*, Vol. 88, No.3 (May 1973) 460. ド・ベリスも初期の研究者はケンタウロスが死んだので、ジョージ・コールドウェルも自殺したと結論したが、アップダイクはコールドウェルは家族のために働いては、日々メタファーとして死ぬのだ、と強調した、と記している (De Bellis, 85, 476)。しかし引用したアップダイクのこのコメントを待つまでもなく、主題の収斂から、コールドウェルの死はあまりにも明らかである。もしヴァーゴが言うようなことがあったとすれば、それは当時まだ存命していた父への配慮であり、作中人物と実在の人物を混同しがちな一般読者に対する配慮だったのであろう。

第二章『走れウサギ』——背後にひそむもの

（1）"The dodgy rabbit had become the suffering horse", *RA*, xx.

（2）Rachael C. Burchard, John *Updike, Yea Sayings* (Carbobndale: Southern Illinois Univ. Press, 1971) 42.

（3）Helen Gardner, *Religion and Literature* (London: Faber & Faber, 1971) 95-97.

（4）Updike, *Rabbit, Run* (André Deutsch, 1972) 15. 以下引用はこの版により、本章においては同書からの引用は括弧内に頁数のみを示す。*RR*と略。引用文の訳は筆者。

（5）R. W. B. Lewis, *The Picaresque Saint* (Lippincott: Philadelphia Univ. Press. 1959) 159-160.

（6）D. D. Galloway, *The Absurd Hero in American Fiction* (Austin, TX: Univ. of Texas, 1966) 36.

（7）Harry T. Moore, ed., *Contemporary American Novelists* (Carbondale: Southern Illinois Univ. Press. 1968) 211.

（8）Joyce B. Markle, *Fighters and Lovers* (New York: New York Univ. Press, 1973) 39.

（9）De Bellis, 22.

（10）Larry E. Taylor, *Pastoral and Anti-Pastoral Patterns in John Updike's Fiction* (Carbondale: Southern Illinois Univ. Press, 1971) 71.

（11）Markle, 43.

（12）Markle, 40.

（13）Taylor, 74.

第三章『帰ってきたウサギ』——どこに帰ってきたのか

（1）Brendan Gill, "A Special Case", *New Yorker*,47 (January 8, 1972) 83-84.

（2） Christopher Ricks, "Flopsy Bunny", *New York Review of Books* (December 16, 1971) 7-9.

（3） Arthur Heiserman and James E.Miller, "J. D. Salinger: Some Crazy Cliff", in *Salinger's "Catcher in the Rye", Clamor vs. Criticism* (New York: D. C. Heath, 1963) 74-80.

（4） Virginia Woolf, *A Writer's Diary* (London: Hogarth, 1953) 47.

（5） James Joyce, *A Portrait of the Artist as a Young Man* (New York: The Viking Press, 1958) 247. 以下 *A Portrait* と略。

（6） Gill, 83.

（7） Charles T. Samuels, "Updike on the Present", *New Republic*, 165 (November 20, 1971) 29.

（8） John Updike, *Rabbit Redux* (London: André Deutsch, 1972) 159. 以下引用はこの版により、本章においては同書からの引用は括弧内に頁数のみを示す。訳は筆者。

（9） 三宅卓雄『どう読むかアメリカ文学――ホーソーンからピンチョンまで』、あぽろん社、一九八七年、二三〇頁。

（10） Updike, *Pigeon Feathers* (New York: Knopf, 1973) 220. 以下、*PF* と略。

（11） Markle, *Fighters and Lovers, Theme in the Novels of John Updike* (New York: New York Univ. Press, 1973) 159-160.

（12） パスカル『パンセ』五〇七、津田穣訳、新潮文庫上巻、三一一頁。*Rabbit, Run* のエピグラフには The motions of Grace, the hardness of heart; external circumstances が出ている。

（13） Ricks, 9.

（14） Samuels, 29.

（15） James Joyce, *Ulysses* (New York: Modern Library, 1946) 768.

（16） Edward P. Vargo, *Rainstorms and Fire, Ritual in the Novels of John Updike* (Port Washington, NY: Kennikat Press, 1973) 149.

（17） パスカル、五〇一。

（18） Vargo, 170.

（19） Updike, "Henry Bech Redux", *New York Times Book Review* (November 14, 1971) 3.

彼の創作した人物 Henry Bech とのインタヴューの形で、アップダイクは *Rabbit Redux* およびそれに対する批評について語っている。タイトルに関して

Q…… What? "Rabbit Rerun."

A…… Redux.Latin for led back.

と述べているが、Redux は〝連れ戻された〟のほかに〝病気の回復期にある〟をも意味する。

(20) Joseph J. Waldmeir, "Rabbit Redux Reduced: Rededicated? Redeemed?" in *Rabbit Tales: Poetry and Politics in John Updike's Rabbit Novels*, ed. L. R. Broer. (Tuscaloosa: University of Alabama Press, 1998) 187.

第四章 『農場』——母のありか

(1) Eric Rhode, BBC Interview with John Updike, *The Listener*, 81 (June 19, 1969), 862. アップダイクは未発表に終わったかれの処女作が *Home* と題したものであったと語っている。

(2) Updike, *Odd Jobs: Essays and Criticism* (New York: Knopf, 1991) 69.

(3) De Bellis, 379.

(4) Peter Buitenhuis, "The Mowing of a Meadow", *New York Times Book Review* (November 14, 1965) 34.

(5) John Updike, *Of the Farm* (New York: Knopf, 1972) 3. *OF* と略。以下引用はこの版により、本章においては同書からの引用は括弧内に頁数のみを示す。訳は筆者。

(6) スタインベックの母もかなり支配性の強い、意志の強い女性で、スタインベックに大きな影響を与えた。彼の妻たちとはうまくいかなかった。

(7) リラダンの『アクセル』の終幕、また『アクセル』にヒントを得たかと思われるイェイツの『影ふかき海』の終幕にも、

女が長い垂髪で男を包み、独占的な愛の勝利をうたう場面がある。

(8) これはアップダイクの先妻に関して言えることである。この作品は作者自身の離婚と再婚、手放すことになる子供たちへの思いが秘められている。ジョーイは「窒息しそう」という感覚を離婚の理由にあげているが、これはアップダイク自身、周囲との違和感が強いときにどもる癖があることと呼応する。登場人物間の関係はかなり忠実にアップダイクを巡る人間関係を写している。アップダイク自身も知的で内省的な最初の妻メアリーと別れて、暖かいマーサを選んだ。メアリーは四人の子供を連れてウェザオール氏と結婚、マーサは三人の子供を連れてアップダイクの所に来た。実際の別居は一九七四年であり、『農場』はまだ現実には起こっていないことを書いている。

(9) Charles Thomas Samuels, The Art of Fictction XLIII: John Updike, *Paris Review*, 12 (Winter 1968) 101.

(10) Vargo, 113.

(11) Alice & Kenneth Hamilton, *The Elements of John Updike* (New York: William B. Eerdmans, 1970) 183.

(12) サルトル『実存主義とは何か』伊吹武彦訳、人文書院、一九七五年、六五頁。

(13) Hamilton, 183.

(14) Burchard, 80.

(15) Robert Detweiler, *John Updike* (Boston: Twayne, 1972) 105.

(16) サルトル『存在と無』松浪信三郎訳、人文書院、一九六一年、第三部四三二頁。

(17) Updike, Introduction to F. J. Sheed (ed.), *Soundings in Satanism* (New York: Seed and Ward, 1972) x.

第五章『老人ホームのフェスタ』——人間の環

(1) Lewis Nichols, "Talk with John Updike", *New York Times Book Review* (April 7, 1968) 34.

（2） Joyce, *A Portrait*, 117.

（3） Samuels, 101-102.

（4） Updike, Introduction to *Soundings in Satanism*, x.

（5） Ibid., ix.

（6） Nichols, 34.

（7） Updike, *The Poorhouse Fair* (New York: Alfred A Knopf, 1972) 84. 以下引用はこの版により、本章においては同書からの引用は括弧内に頁数のみを示す。訳は筆者。

（8） Samuels, 108. 但しオーウェルの『一九八四年』は当然アップダイクの念頭にあっただろう。

（9） Markle, 34

（10） Samuels, 116.

（11） BBC, 862.

（12） Vargo, 47-48.

（13）（14）（15） BBC, 862. アップダイクは後にこの素材をいくつかの短編に仕立てたと語っている。短編集 *Pigeon Feathers*（1962）には "home" と題する短編もある。しかし There exists one, or a fraction of one that I have scrapped.（Nichols, op. cit.）のような言葉遣いを思う時、長編 *Home* と短編 "Home" は違うものと考えるのが順当であろう。

（16） Hamilton, 123. notes. ハミルトンはとくに母方の祖父と比べて、話し方の相似などを指摘している。また Rachael C.Burchard, 33. が引用のアップダイク "I was trying to make an oblique monument to my grandfather ; who in the guise of Hook I wished to treat with a tenderness I had never shown the old man himself." も興味深い。

（17） Updike, *Couples* (London: André Deutsch, 1968) 17.

第六章結び——九・一一事件以後のアップダイク

（1） Updike, "Varieties of Religious Experience", *The Atlantic Monthly* 290:4. (November 2002) 93-104. 以下同誌よりの引用は括弧内に頁数のみを記す。

（2） Updike, "Comment" in "The Talk of the Town", *The New Yorker* 77:28 (2001-09-24) 28-29.

（3） 志村正雄「バースとアップダイク」『アメリカ文学』第六三号、日本アメリカ文学会東京支部、二〇〇二年六月、一九頁。

（4） Updike, *Seek My Face* (New York: Knopf. 2002).

（5） Updike, *Couples*, Epigraph.（宮本陽吉訳）

（6） Updike, 'Dentistry and Doubt' *The Same Door* (New York: A.A.Knopf, 1959) 47.

あとがき

ジョン・アップダイクは九・一一の世界貿易センタービルに対するテロ襲撃事件を現場近くで見、一瞬、執筆中の美術に関する著作を、とても些末なことに感じたという。しかしすぐにいや、書き続けることによってこそシヴィル・オーダー——人間社会の秩序——に対して貢献できるのだと、気を取り直したのだと語っている。(*NYTimes*, 9. 20. 01)

たしかに現代アメリカの普通の市民生活の奥にひそむ秩序の感覚こそ、アップダイクが視線の先に置き、描き続けて来たものであった。たとえば日常の些事の背後に彼は内的世界の存在を感知する。内的世界が高揚して外的形象を破壊しようとする圧力を、彼は秩序の感覚で押さえ込もうとする。アップダイクはごく平凡で無防備なウサギことハリー・アングストロームというペルソナを「入場券にして」現代アメリカの市民生活という不思議の国に入り込み、秩序の感覚から逸脱したがる人間の営みを描いていく。ウサギは、かつて持っていたはずの栄光と目的意識を回復しようとして彷徨し、踏み外し、地図を破る。生まれたばかりの嬰児の死を招く。逸脱したセックスを試みる。なぜなら、少なくとも肉体という形象は人間のものであるからだ。そしてそこでもウサギはしくじる。アップダイクは、微妙な違和感、不能、失敗を人間のものとして、いとおしみながら表現するのである。

サリンジャーが早々に隠棲してしまった後を受けて、アップダイクは、ヴェトナム戦争、人権闘争、フェミニズム運動、暴力、グローバル化への反発などの問題に揺れる激動の時代を、育児からゴルフまで何でも書ける筆力で、書き抜いた。数々の賞に輝く彼は現在文字通り文壇の大御所として、なお活発に創作を続け、活動の場を広げている。

しかし私は一九六〇年、期待の新人ジョン・アップダイクの新作『走れウサギ』を迎えた私たち読者のさざめきを忘れることができない。伸びやかに走る文体、先へ先へと誘う叙述。良い作家を持つということは、良いチャンピオンを持つのと同じで、その世代全体に元気が出るのだ。最初の邦訳も、どんな風に訳すのかしら、と皆が固唾を呑んで待ったのだった。その頃私が気に入っていたのは掌編「フットボールの季節に」だった。深秋のきりっと鋭い冷気のなかに女生徒たちが発散する、リンスした髪や口紅や、新しいウールのセーターのいい匂い。試合の熱狂と間の抜けた応援歌。若者たちがかもしだす軽くて明るい、小さな花束のような世界である。そしてそれを見送る「わたし」は、霊柩車が通り過ぎるのを見送る人のまなざしになっている。胸の痛みを覚えながら。

アップダイクは高校時代に生徒会長を務めている。これはなかなか難しいことなので，多分「長」が務まる器なのだろう。早い時期に彼はアメリカ芸術協会の文学賞委員会長などを務めている。彼に会った人は皆その人柄を褒める。一九七五年、アップダイク四十三歳のときの印象を井上謙治氏は次のように記している。

アップダイク氏はどちらかといえば声が大きく、その話し方は時々言葉を選ぶように言いよどむのが、いかにも東部の知識人といった印象を与える。一九三二年生まれ、ハーヴァード大学を優等で卒業し、二十二歳の若さで『ニューヨーカー』の執筆者になったという経歴が示すように、アップダイク氏は大変な秀才である。しかし、実際に会った感じでは、才子というよりは、むしろ健康優良児といったほうがふさわしい。当然のことながら話題はアメリカ文学になった。

最近のアメリカ作家は、旧来的なリアリズムを離れて、超現実的な技法で実験を行うものが多くなっているが、この点についてアップダイク氏はどう考えているだろうか。

「彼らは非現実的に見えるものを書いているのですが、絵画によく似ていますね。描かれたものが、アン・リアルに見えると画家は何度も塗ってゆくのです。…」

………

アップダイク氏が同時代作家を語る口調は屈託がない。それは、彼の自信とも受けとれたが、それでも彼自身について語る時、やはり現代小説の困難な状況がうかがえるようである。

「一切のものが疲れています。小説とは何か、小説を書く価値があるか、ということを明確にするメッセンジャーの到来を待っているんです。私にとって、小説とは、人々について語る唯一の道具です。…」

………

批評家の存在について、アップダイク氏は、自分で気づかぬ点を発見してくれるし、すばらしいものだと肯定的であり、一昔前のジャーナリスト出身のリアリズム作家たちとは、はっきり違いを見せた。日本では大江健三郎氏の『個人的な経験』と『走れウサギ』が対比されるという話から、アップダイク氏は大江氏は続編を書かないのかと言った。時計は二時を少し過ぎていた。アップダイク氏は三十分後に地元のテレビ局のインタヴューに出る予定があり、私たちは、写真を撮って別れたが、私たちにとって、実りあるひと時であった。

（「アップダイクの自信と不安」『アメリカ読書ノート』［南雲堂、一九九一］　七五―九八頁）

　ボストンのビーコン・ストリートにある氏の仕事場でこのとき撮られた写真が、現在本書の巻頭を飾っているものである。私は若い時期に熱中してアップダイクを読み、作品論も書いたのだけれど、『帰ってきたウサギ』に満足できなくて、そのあたりで彼から離れた。高まりつつあったフェミニズム運動に対する彼の姿勢に納得できなかったのだ。これはたまたま前夫人が彼と別居し始めた時期に当る。大学で女性文学の講座を担当したこともあって、以後女性作家研究に集中してきたのだけれど、今回のテロ事件をきっかけにアップダイクへの関心が戻ってきた。作家としてスタートしたとき以来彼が命題としている「神の不在」を、今どのように考えているか知りたかったのだ。しかし、長編・短編集三十二、詩集十八、戯曲、エッセイ、美術書など多方面に健筆を振るっている、まさに文豪であるアップダイクに対して私ができることは、無心に読み、書いた若い頃の仕事を中心に、初期の作品を考究することだけだった。

　本研究の対象は一九五九年から七一年までに発表された長編のうち、ペンシルヴェニアのいわゆるオリンガーを舞台とする家族の物語『ケンタウロス』『走れウサギ』『帰ってきたウサギ』

『農場』『老人ホームのフェスタ』の五編である。発表年順によらず、主題の展開の必要性からこのような順序にしたのだが、これは主人公――アップダイクのペルソナ――の年齢順になっている。このような置き方は、アップダイク自身も自選短編集『オリンガー物語』において採用している。この置き方によって、生を受け、育つという神秘、生の衰え、そして神は不在なのか、存在するけれど何もしないのか、全く単に、そういうものはないのか、という命題が、一層鮮明になったように思う。

この置き方の順序をも含めて、アップダイク氏には折々進捗状態をお知らせしたり、どうしても確かめておきたいことを質問したりした。アップダイク氏は手動のタイプライターを使って、小さな便箋・封筒にきれいな切手を貼って懇切なお手紙を下さった。巻頭を飾るメッセージも快く書いて下さって、作品および研究書からの引用も「そのように小部数の学術書なら誰も気にしないでしょう」と寛大な使用許可を下さった。この研究を纏められたのも、アップダイク氏自身が関心を持って励まして下さったからこそと、心からの御礼を申し上げる。

とにかく手紙を出してごらんなさい、と励ましてくださったのは井上謙治氏で、前掲の会見のときに撮られた写真も頂戴できた。そのほか多くのご教示を頂いたことを、厚く御礼申し上げる。

大幅に手をいれ、書き加えているが「老人ホームのフェスタ」は『アメリカ小説研究』第六号（泰文堂、一九七六）に「人間の環―― *The Poorhouse Fair* 論」として掲載されたものの一部を用いている。同書掲載文献の一部も収録させていただいたことを記して佐渡谷重信氏及び泰文堂社長篠崎泰造氏に御礼申し上げる。また『日本イェイツ協会会報』『実践女子大学文学部紀要』『実践英文学』に初出の論も一部ある。論文使用をお許しくださった各編集者には厚く御礼申し上げる。

中央大学講師大森尚子氏に対しては、年譜・書誌作成にご協力頂き、各種のウエッブサイトを知らせてくださったご厚情を記して、心からの感謝を申し上げたい。

開文社社長安居洋一氏にはいろいろご無理をお願いしたことを記して、厚く御礼申し上げる。

二〇〇三年一月二三日

鈴江璋子

Narasaki, Hiroshi「Updike's Cutting Edge: *Brazil* in a Genealogical Context」(『人文学報』(都立大)、1999年3月)。

池田守「一つの文化における離婚」(『言語文化研究』宇部短期大学言語文化学会、1999年3月)。

青山義孝「書評　岩元巌、鴨川卓博（編）『セクシュアリティと罪の意識——読み直すホーソーンとアップダイク』」(『アメリカ文学研究』日本アメリカ文学会、2000年)。

鴨川卓博「時代と小市民の生きざま——Rabbit 4部作における歴史」(『言語の空間』広島女学院大学開学50周年記念論文集編集委員会　英宝社、2000年3月)。

若島正「アメリカの短編小説を読む（2）ジョン・アップダイク」(『英語青年』、2001年5月)。

井上謙治「思いつくままに——アップダイクを主として」(『アメリカ文学』第63号、日本アメリカ文学会東京支部会報、2002年6月)。

志村正雄「バースとアップダイク」(『アメリカ文学』第63号、日本アメリカ文学会東京支部会報、2002年6月)。

岩元巌「記憶の悪戯：作家の自伝と小説」(『アメリカ文学評論』第18号、筑波大学アメリカ文学会、2002年10月)。

柏原和子「物質と精神の統合のヴィジョン：John Updike の S. 試論」(『主流』同志社大学英文学会、1996年2月)。

中谷崇「アップダイクの『帰ってきたウサギとペンシルヴェニア』」(『読み直すアメリカ文学』渡辺利雄編　研究社、1996年3月)。

Modeen, Eric「Of the Shimmery Dance, Snappy Patter and Grotesque: Some thoughts on John Updike and the Rest」(『横浜市立大学紀要　人文科学系列』、1996年3月)。

後藤昭次「家族の価値、個人の運命—ジョン・アップダイク「別れつつ」」(『アメリカ短編小説を読み直す——女性・家族・エスニシティ』日本マラマッド協会編　北星堂書店、1996年4月)。

山田利一「*Rabbit, Run*における信仰」(『十文字学園女子短期大学研究紀要』、1996年9月)。

岩田強「谷間から湿地へ——Updike の Hawthorne理解」(*The Albion*, 京大英文学会、1996年10月)。

井上謙治「ホームページからみたアップダイク」(『波』新潮社、1997年9月)。

Kuyoshi, Sadao「A Novel for the Nineties: Updike's *Rabbit at Rest*」(『名古屋外国語大学紀要』、1997年2月)。

沢田瑞穂「J.アップダイク『走れウサギ』——弱い男たちの原型」(『青森大学・青森短期大学研究紀要』、1997年11月)。

吉田朋正「アプダイクの近作をめぐって」(*Metropolitan*(都立大)、1997年)。

鴨川卓博「妻を寝取らせる男の場合——『ロジャーの話』(『広島女学院大学大学院言語文化論叢1』、1998年3月)。

Yamada, Toshikazu「Environmental Influence upon John Updike's Works」(*Oliva*(関東学院大)、1998年)。

岩元巌、鴨川卓博編『セクシュアリティと罪の意識——読み直すホーソーンとアップダイク』(南雲堂、1999年3月)。

柏原和子「ホーソーンに対する否——アップダイクの『ロジャーの話』試論」(『フィクションの諸相』南井正広編　英宝社、1999年3月)。

美術大学紀要』、1992年3月)。

大野充彦「青春の美学——ジョン・アップダイクの「エイ・アンド・ピー」について」(『滋賀大学教育学部紀要』人文科学・社会科学・教育科学、1993年)。

Baba, Minako「Updike's Rabbit——A Rebel with a Conservative Streak」(『人文論究』関西学院大学人文学会、1993年1月)。

楢崎寛「ベロー、アップダイク、バース、ピンチョンをつなぐ愛の絆」(『人文学報』東京都立大学人文学会、1993年3月)。

中谷崇「ジョン・アップダイク初期の、『カップルズ』に至る〈世界〉構築のジレンマ——造形芸術からの小説家の形成と〈技術〉の主題」(『女子美術大学紀要』、1993年3月)。

大穀剛一「『ケンタウロス』と『オリンガー』小説」(『東京家政学院大学紀要』、1993年7月)。

中谷崇「ジョン・アップダイクの『プアハウス・フェア』における反・崩壊への教育」(『女子美術大学紀要』、1993年10月)。

今村嘉文「アップダイクのエピファニー——『トラスト・ミー』を読む」(『英米文学を学ぶよろこび』大阪教育図書、1995年5月)。

大穀剛一「『ウサギ永眠す』について」(『東京家政学院大学紀要』、1995年5月)。

後藤昭次「中産階級とニヒリズム——アップダイク『走れ、ウサギ』の「内なる闇」」(『アメリカのアンチドリーマーたち』日本マラマッド協会編、1995年5月)。

Kuyoshi, Sadao「*Rabbit at Rest* by John Updike – FL.」(『名古屋外国語大学外国語学部紀要』、1995年7月)。

山田利一「*Rabbit at Rest* における老いと死」(『十文字学園女子短期大学研究紀要』、1995年9月)。

Yasuda, Etsuko「Updike's S.: "S" as the Symbol of a Modern Hester Prynne」(『上智英語文学研究』、1995年10月)。

高橋美穂子「緑なす日々——John Updike の "The Blessed Man of Boston, My Grandmother's Thimble, and Fanning Island"」(『群馬県立女子大学紀要英文学英語学篇』、1996年2月)。

大学英語英文学論集』西南学院大学学術研究所、1978年12月)。

青山義孝「John Updikeと飛翔のイメージ」(『甲南大学紀要　文学編』甲南大学、1983年)。

市河千代子「John Updike : *Rabbit Is Rich*, 1981」(『独協大学英語研究』独協大学学術研究会、1983年3月)。

二宮一次「アップダイクの詩集「眠れぬ夜」における諧謔と死の囁き」(『人文科学研究』新潟大学人文学部、1983年7月)。

都留久夫「生存への意志——安部昭、Brautigan, Updikeの短編について」(『関東学院大学文学部紀要』、1987年)。

遠藤芳江「市からの贈りもの——Updikeの "A Gift from the City" 試論」(『主流』同志社大学英文学会、1989年)。

遠藤芳江「What Is Hidden in the Text ? ——Reading Updike's "Pigeon Feathers"」(『大阪学院大学外国語論集』、1989年3月)。

King, Linda M.「Sociolinguistic Analysis and the Modern Novel——A Demonstration from John Updike's *The Witches of Eastwick*」(『島根大学法文学部紀要　文学部編』、1989年12月)。

岩元巌「ジョン・アップダイク訪問——「ウサギ」の新作を語る」(『英語青年』、1990年4月)。

遠藤芳江「"The Burning House" のインターテクスチュアリティ——Updikeの "Snowing in Greenwich Village" との比較を中心に」(『大阪学院大学外国語論集』、1990年10月)。

岩元巌「幸福の狩人たち——アップダイクの「ウサギ4部作」を読む」(『英語青年』、1991年8月)。

遠藤芳江「コード解読は可能か——Ann Beattieの "A Reasonable Man" とJohn Updikeの "Wife-Wooing" をインターテクスチュアルによむ」(『大阪学院大学外国語論集』、1991年10月)。

筒井正明「現代アメリカ作家研究-3-50年代から80年代のアメリカを生きて——ジョン・アップダイクの「ウサギ4部作」」(『明治学院論叢』、1992年3月)。

中谷崇「ジョン・アップダイクの侵蝕の方法——「穴の中のエース」からウサギ4部作にかけての〈日常〉と〈メディア〉」(『女子

宮本陽吉、井上譲治「対談――現代アメリカ文学を語る」(『青春と読書』36号、1975年6月)。

福田陸太郎編著『アメリカ文学思潮史』(中教出版、1975)。

大橋健三郎、斎藤光、大橋吉之輔編『総説アメリカ文学史』(研究社、1975)。

滝川元男「道化としての John Updike――*Rabbit, Run* と *Of the Farm* を中心として」(『大谷女子大学紀要』大谷女子大学、1975年9月)。

二宮一次「詩人アップダイクの挑戦とおののき――“Midpoint”評釈-3-」(『人文科学研究』新潟大学人文学部、1975年11月)。

鈴江璋子「ジョン・アップダイク試論(四)「農場」の母」(『実践英文学』実践英文学会、1975年12月)。

佐渡谷重信「J・アップダイク入門」(『アメリカ小説研究』泰文堂、1976年1月)。

鈴江璋子「人間の環――*The Poor House Fair* 論」(『アメリカ小説研究』泰文堂、1976年1月)。

武田勝彦「Updike の短編小説」(『アメリカ小説研究』泰文堂、1976年1月)。

森田孟「芸術家生誕の「神話」――華麗なる対幅幻惑曲:『ケンタウロス』考――」(『アメリカ小説研究』泰文堂、1976年1月)。

宮本陽吉「死を知っている眼――*Couples* 論」(「アメリカ小説研究」泰文堂、1976年1月)。

寺門泰彦「John Updike ; *A Month of Sundys*」(『英語青年』研究社出版、1976年2月)。

二宮一次「詩人アップダイクの挑戦とおののき――“Midpoint”評釈-4完-」(『人文科学研究』新潟大学人文学部、1977年2月)。

宮本陽吉「優雅に生きる中年――ジョン・アップダイク」(『海』中央公論社、1977年10月)。

二宮一次「Updikeの詩のおかしみ」(『人文科学研究』新潟大学人文学部、1978年3月)。

佐渡谷重信「ジョン・アップダイクの評価をめぐって」(『西南学院

（『風土』、7号、1971年）。

大橋吉之輔「アップダイクについての断想」（『英語文学世界』、1972年1月）。

岩元巌「J. アップダイクの新作」（『英語文学世界』、1972年4月）。『現代のアメリカ小説』（英潮社、1974）へ再録。

二宮一次「詩人アップダイクの挑戦とおののき――“Midpoint”評釈」（Ⅰ）（Ⅱ）（新潟大学『人文科学研究』43輯、44輯、1972、1973）。

久保道則「J . Updike : *Rabbit, Run* 試論」（プール学院短期大学『研究紀要』Ⅺ、1972年）。

佐渡谷重信「アプダイク『戻ってきたウサギ』について」（『ぶっくまん』、1972年5月）。

柳生望『アメリカ文学と終末の世界』（ヨルダン社、1972年）。『カップルズ』に言及。

福田陸太郎編著『アメリカ文学名作選』（中教出版、1972）。

宮本陽吉「70年以降の最もすぐれたアメリカ小説」（『波』、1973年11月）。

佐渡谷重信「ジョン・アップダイク序論」（『とらんじしょん　龍口直太郎教授古稀記念文集』、評論社、1973年12月）。

宮本陽吉「流麗なスタイルで描く」（『読書人』、1973年12月10日）。井上譲治訳『帰ってきたウサギ』Ⅰ，Ⅱの書評。

「映し出すアメリカの憂鬱」（『読売新聞』、1973年12月17日）。『帰ってきたウサギ』Ⅰ，Ⅱの書評。

三浦清宏「日常性のヴィジョン」（『群像』1974年3月）。『帰ってきたウサギ』Ⅰ，Ⅱの書評。

鈴江璋子「ジョン・アップダイク試論（一）律と人間」（『実践英文学』6号、1974年11月）。

鈴江璋子「ジョン・アップダイク試論（二）背後にひそむもの」（『英米文学手帖』6号、1974年10月）。

鈴江璋子「ジョン・アップダイク試論（三）*Rabbit Redux* における“回復”」（『実践女子大学文学部紀要』、第17集、1975年2月）。

利沢行夫「鮎川信夫訳『アプダイク作品集』書評」(『週刊読書人』、1969年12月8日)。

小島信夫「日常的な性の優しさと喜劇性」(宮本陽吉訳『カップルズ』別冊解説、新潮社、1970年4月)。

大江健三郎「アップダイク氏と自由」(宮本陽吉訳『カップルズ』別冊解説、新潮社、1970年4月)。

「『性』と現代人の苦しみ」(『朝日新聞』、1970年6月28日)。『カップルズ』の書評。

大庭みな子「心優しき冷笑——『カップルズ』書評」(『文芸』、1970年7月)。「進歩性への諷刺」(『朝日新聞』、1970年7月4日)。*Bech : A Book* に言及。

利沢行夫「必然性のない夫婦達」(『日本読書新聞』、1970年7月6日)。『カップルズ』の書評。

武田勝彦「アップダイクの文学的姿勢——ペン大会での会話や講演から」(『読売新聞』、1970年7月7日夕刊)。

「『夫婦交換小説』の作者とその娘——来日したジョン・アップダイク」(『週刊新潮』、1970年7月25日)。

アップダイク、大江健三郎「対談——文学によって何を求めるか」(『新潮』、1970年9月)。

武田勝彦「リアリズムの極限——アップダイクの場合」(『世紀』、1970年12月)。

沼澤洽治「*Bech : A Book*——アップダイク氏の恋唄」(『英語研究』、1970年9月)。

宮本陽吉「John Updike 素描」(『英語研究』、1970年11月)。

浜本武雄「洗いざらしの緋文字」(『群像』、1970年6月)。宮本陽吉訳『カップルズ』Ⅰ,Ⅱの書評。

三輪秀彦「生の半ばで」(『文学界』、1970年8月)。『カップルズ』Ⅰ,Ⅱの書評。

芹川和之「ウサギの悲劇——ジョン・アプダイクの『走れ、ウサギ』」(『千葉商大論集』13号、1970年)。

森田孟「『カップルズ』或いは岐路に立つ作——John Updike 管見」

『農園』について」(『中央英米文学』創刊号、1967年10月)。

斎藤忠利「J．アプダイク短編集——『音楽学校』」(『文学界』、1967年11月)。

小倉太一「John Updikeの作品に関する一考察——“Lifeguard”を中心とした疎外と孤独について」(関東短期大学『紀要』13集、1967年12月)。

岩元巌「放浪の聖者——J．Updike『走れ、ラビット』考」(『アメリカ文学』7号、1967年8月)。

二宮一次「詩人John Updikeの魅力」(新潟大学『英文学会誌』15輯、1968年5月)。

大塚野百合「John Updikeの*Rabbit, Run*」(『共助』、1968年5月)。

武田勝彦「〈アメリカのベストセラー〉John Updike, *Couples*」(『時事英語研究』1968年11月)。

岩元巌「J．アプダイク『夫婦たち』」(『英語文学世界』、1968年10月)。『現代のアメリカ小説』(英潮社、1974)に再録。

寺門泰彦「幸福の檻の中で——アプダイク『鳩の羽根』について」(*Cosmos*、6号、1968年11月)。

小倉太一「結婚生活における愛の挫折について——*The Music School*」(関東短期大学『紀要』14集、1968年12月)。

大橋吉之輔「アプダイクと恩寵」(『群像』、1969年1月)。

小島信夫「家庭生活によって描かれたアメリカ」(河野一郎訳『農場』の別冊解説、河出書房新社、1969年3月)。

宮本陽吉「伝統から実験へ」(『新潮』、1969年4月)。

大橋吉之輔「断絶のなかの必死な走行」(『文芸』、1969年5月)。河野一郎訳『農場』の書評。

須山静夫「不断の人間凝視、恐ろしさ秘めた日常描写」(『図書新聞』、1969年5月24日)。上記『農場』の書評。

小野寺健「平野幸仁訳『プアハウス・フェア』書評」(『図書新聞』、1969年9月27日)。

須山静夫「鮎川信夫訳『アプダイク作品集』書評」(『図書新聞』、1969年11月15日)。

月)。

ノーマン・スミス「ジョン・アプダイクの新しい小説」(『米書だより』、1963年)。

森田孟「John Updike – *Rabbit, Run*」(『英語教育』、1963年7月)。

岩元巌「*The Centaur* by J . Updike」(中央大学『英語英米文学』4号、1964年1月)。

西村長恭「訣別の儀式——J . アプダイク論——1」(『アメリカ文学』2号、1964年3月)。

織家肇「ユダヤ系作家の文体——J . Updike を中心として」(防衛大学校外国語教室『走水評論』7号、1964年12月)。

岩元巌「逃亡への恣意」(日本アメリカ文学会東京支部『アメリカ文学』4号、1964年12月)。

J . D . S. 「J . Updike の詩」(『時事英語研究』1965年5月)。

西村長恭「暗闇に訪う人びと——J . アプダイク論——2」(『アメリカ文学』4号、1965年7月)。

武田勝彦「私の本棚——J . Updike をめぐって」(『高校英語教育』6巻3号、1965年8～9合併号)。

井上謙治「ジョン・アプダイクの新作 *Of the Farm*」(『英語研究』、1966年5月)。

斎藤忠利「ジョン・アプダイクの新作『農場』」(『文学界』、1966年12月)。

渋谷雄三郎「Updike の *Rabbit , Run* について——「高校英雄」の系譜」(西川正身記念論文集『アメリカ文学——1967』、1967年3月)。

浜本武雄「〈アメリカ1967——海外新潮〉「John Updike , *The Music School*」(『英語研究』、1967年3月)。

堤浩二「同一小説の『米語版と英語版』——主に John Updike の現代アメリカ短編小説をめぐって」(埼玉大学 *Heron* 二巻、1967年3月)。

金勝久「John Updike 小論」(埼玉大学 *Heron* 二巻、1967年3月)。

中島時哉「複雑な人間関係と存在の不安——ジョン・アプダイク作

『走れウサギ』宮本陽吉訳．白水社、1979.
『ケンタウロス』寺門泰彦、古宮照雄訳．白水社、1979.
『鳩の羽根』寺門泰彦訳．白水社、1979.
『美術館と女たち』宮本陽吉訳．新潮社、1980.
『クーデタ』池澤夏樹訳．講談社、1981.
『走れウサギ』上、下．宮本陽吉訳．白水Uブックス、1984.
『アメリカの家庭生活短編小説集』大津栄一郎訳．講談社、1985.
『イーストウィックの魔女たち』大浦暁生訳．新潮社、1987.
『日曜日だけの一カ月』井上謙治訳．新潮社、1988.
『結婚しよう』岩元巌訳．新潮文庫、1988.
『メイプル夫妻の物語』岩元巌訳．新潮社、1990.
『イーストウィックの魔女たち』大浦暁生訳．新潮文庫、1991.
『金持ちになったウサギ』Ⅰ，Ⅱ．井上謙治訳．新潮社、1992.
『美しき夫たち』沼澤洽治訳．筑摩書房、1993.
『アップダイクの世界文学案内：ジョン・アップダイク集』中尾秀博訳．東京書籍、1994.
『アップダイク自選短編集』岩元巌訳．新潮社、1995.
『さようならウサギ』Ⅰ，Ⅱ．井上謙治訳．新潮・現代世界の文学、1997.
『ゴルフ・ドリーム』岩元巌訳．集英社、1997.
『ブラジル』寺門泰彦訳．新潮社、1998.
『母の魂』ジョン・アップダイク［ほか］兼武進訳．飛鳥新社、1999.
『ラビット・アングストローム：4部作』Ⅰ，Ⅱ．井上謙治訳．新潮社、1999.
『十月はハロウィーンの月』ナンシー・エクホーム・バーカート絵　長田弘訳．みすず書房、2000.
『ガートルードとクローディアス』河合祥一郎訳．白水社、2002.

B 研究と紹介

宮本陽吉「John Updike : *Pigeon Feathers*」（『英語研究』、1962年12

Ⅲ日本におけるアップダイク文献

A 翻訳

『走れ、うさぎ』宮本陽吉訳．白水社、1964.
「ボストンの幸福な男、祖母の指貫、ファニング島」宮本陽吉訳．筑摩書房〈世界文学大系94巻〉『現代小説集』、1965.
『鳩の羽』田辺五十鈴訳．「世界文学」1号、1965.
「鳩の羽」寺門泰彦訳．白水社、1968.
「グリニッチ・ビレジは雪」北村太郎訳、斎藤数衛編．『現代アメリカ作家十二人集』、荒地出版社、1968.
『ケンタウロス』寺門泰彦・古宮照雄訳．白水社、1968.
『農場』河野一郎訳．河出書房、1969.
『プアハウス・フェア』平野幸仁訳．現代出版社、1969.
『アプダイク作品集』鮎川信夫訳．荒地出版社、1969.
「いちばん幸福だったとき」寺門泰彦訳．『現代アメリカ短編選集』Ⅲ、白水社、1970.
『老瘋院の祭り』平野幸仁訳．太陽社、1970.
『カップルズ』Ⅰ，Ⅱ．宮本陽吉訳．新潮社、1970.
『同じ一つのドア』武田勝彦訳．角川文庫、1970.
『ミュージック・スクール』須山静夫訳．新潮社、1970.
『プアハウス・フェア』須山静夫訳．新潮文庫、1971.
『同じ一つのドア』宮本陽吉訳．新潮文庫、1972.
『帰ってきたウサギ』Ⅰ，Ⅱ．井上謙治訳．新潮社、1973.
『走れウサギ』宮本陽吉訳．改訳版．白水社、1975.
『カップルズ』上、下．宮本陽吉訳．新潮文庫、1975.
『ベック氏の奇妙な旅と女性遍歴』沼澤洽治訳．新潮社、1976.
『農場』河野一郎訳．新装版．河出書房新社、1977.
『一人称単数』寺門泰彦訳．新潮社、1977.
『結婚しよう』岩元巌訳．新潮・現代世界の文学、1978.

B Webリンク

The New York Times on the Web.
http://www.nytimes.com/books/97/04/06/lifetimes/updike.html

http://www.nytimes.com/books/00/11/19/specials/updike.html

Theroux, Paul. "A Marriage of Mixed Blessings." *New York Times Book Review*, 8 April 1979: 7. Review of *Too Far to Go*.

———. Review of *Rabbit Redux. Washington Post Book World* (14 November 1971): 3.

Trueheart, Charles. "Sex, God and John Updike." *Washington Post*, 28 October 1990, F1, 4. Review of *Rabbit at Rest*.

"View from the Catacombs." *Time* (26 April 1968): 66-75. Review of *Couples* and his work as writer.

Wolcott, James. "Running on Empty: Can John Updike's Rabbit Find Happiness As a Car Dealer?" *Esquire* (October 1981): 20-23. Review of *Rabbit Is Rich*.

Wood, Michael. "God's Country," *New York Review of Books*, 29 February 1996: 5-6. Review of *In the Beauty of the Lilies*.

Wood, Ralph C. "John Updike's Rabbit 'Saga'." *The Christian Century* (20 January 1982: 50 ff. Review of *Rabbit Is Rich*.

6．インタヴュー

Dougary, Ginny. "Up Close and Personal," *The London Times Magazine*, Saturday 20 April 2002: 16-19; 20-21. Interview.

Lopate, Leonard. "Interview: The Writing Life and Times of John Updike." *The Writer*, 114, No. 7 (July 2001): 31-37.

Nickell, Kelly. "WD Interview: John Updike," *Writer's Digest* 82, No. 1(January 2002): 34-35.

Schiff, James A. "A Conversation with John Updike," *The Southern Review*, Spring 2002 (Vol. 38, No.2): 420-442. Interview.

Roger's Version.

Oates, Joyce Carol. "So Young!" *New York Times Book Review* (30 September 1990): F1, 43. Review of *Rabbit at Rest.*

———. *New Republic* 180 (6 January 1979): 32-35. Review of *The Coup.*

Pott, Jon. "Eros Revisted." *The Reformed Journal.* October 1975: 22-24. Review of *A Month of Sundays.*

Pritchard, William H. and George Hunsinger. "Updike's Version." *New York Review of Books* (12 February 1987): 41. Review of *Roger's Version.*

Pritchett, V. S. "Updike." *The New Yorker* (9 November 1981): 201-206. Review of *Rabbit Is Rich.*

Raban, Jonathan. "Rabbit's Last Run." *Washington Post Book World* (30 September 1990): 1,15. Review of *Rabbit at Rest.*

Rowland, Stanley J., Jr. "The Limits of Littleness." *The Christian Century* (4 July 1962) 79: 840. Review of *Pigeon Feathers.*

Sage, Lorna. "Narrator-Creator Data." *Times Literary Supplement* (24 October 1986): 1189. Review of *Roger's Version.*

Schlesinger, Arthur, Jr. "The Historical Mind and the Literary Imagination." *Atlantic* (June 1958): 58f. A fine article which includes substational critical interpretation of Updike's *Buchanan Dying* and Gore Vidal's *Burr.*

Spice, Nicholas. "Underparts." *London Review of Books* (6 November 1986): 8-9. Review of *Roger's Version.*

Stade, George. "The Resurrection of Reverend Marshfield." *New York Times Book Review* (23 February 1975): 4. Review of *A Month of Sundays.*

Steiner, George. "Scarlet Letters." *The New Yorker* (10 March 1975): 116-118. Review of *A Month of Sundays.*

Tate, M. Judith. "Of Rabbits and Centaurs." *Critic* 22 (February-March 1964): 44-47. Review of *Rabbit, Run* and *The Centaur.*

3.3 (1974): 18-21.
Gass, William H. "Cock-a-Doodle-Doo," *New York Review of Books,* 11 April 1968: 3. Review of *Couples.*
Gilman, Richard. "The Witches of Updike." *New Republic* (20 June 1988): 39-41. Review of *S.*
———. "The Youth of an Author." *New Republic* 148 (13 April 1963) : 25-27. Review of *The Centaur.*
Kakutani, Michiko. Review of *Roger's Version. New York Times,* 27 August 1986, C27.
———. "Updike's Struggle to Portray Women." *New York Times,* 5 May 1988, C29. Review of *S.*
———. "Just 30 Years Later, Updike Has a Quartet." *New York Times,* 25 September 1990, C13+. Review of *Rabbit at Rest.*
———. "Tristan and Iseult as Latin Lovers," *New York Times,* 25 Janaury 1994: C 19. Review of *Brazil.*
Lanchester, John. "Be a Lamp unto Yourself." *London Review of Books* (5 May 1988): 20-21. Review of *S.*
Leckie, Barbara. "'The Adulterous Society': John Updike's *Marry Me.*" *Modern Fiction Studies* 37 (Spring 1991): 61-79.
Lehmann-Haupt, Christopher. "In John Updike's Latest, The Woman Called S." *New York Times,* 7 March 1988, C16. Review of *S.*
Lodge, David. "Chasing after God and Sex." *New York Times Book Review,* 31 August 1986, 7:1,15. Review of *Roger's Version.*
———. "Bye-Bye Bech," *New York Review of Books,* 19 November 1998: 8-10. Review of *Bech at Bay.*
Lurie, Alison. "The Woman Who Rode Away." *New York Review of Books* (12 May 1988): 3-4. Review of *Trust Me* and *S.*
Matthews, John T. "The Word as Scandal: Updike's *A Month of Sundays.*" *Arizona Quarterly* 39 (1983): 180-351.
Morey, Ann-Janine. "Updike's Sexual Language for God." *The Christian Century* (19 November 1986): 1036-1037. Review of

of *The Scarlet Letter.*" *Modern Fiction Studies* 35 (1989): 241-250.
Wood, James. "John Updike's Complacent God" in *The Broken Estate: Essays on Literature and Belief* (New York: Random House, 1999): 192-199.
Wood, Ralph C. "Into the Void: Updike's Sloth and America's Religion," *The Christian Century* (24 April 1996): 452-457. Major review of *In the Beauty of the Lilies* within the literary context of Updike's moral and religious vision.
Zylstra, S. A. "John Updike and the Parabolic Nature of the World," *Soundings* 56 (1973): 323-327.

5．書評

Atwood, Margaret. "Wondering What It's Like to Be a Woman." *New York Times Book Review*, 13 May 1984. Review of *The Witches of Eastwick.*
Broyard, Anatole. "Letters from the Ashram." *New York Times Book Review* (13 March 1988): 7. Review of S.
Crews, Frederick. "Mr. Updike's Planet." *New York Review of Books* (4 December 1986): 7-14. Review of *Roger's Version* within the larger literary context of Updike's moral and religious vision.
DeMott, Benjamin. "Mod Masses, Empty Pews." *Saturday Review* (8 March 1975): 20-21. Review of *A Month of Sundays.*
Dinnage, Rosemary. "Lusting for God." *Times Literary Supplement* (4 July 1975): 713. Review of *A Month of Sundays.*
Donoghue, Denis. "'I Have Preened, I Have Lived." *New York Times Book Review* (5 March 1989): 7. Review of *Self-Consciousness.*
Edwards, Thomas R. "Busy Minister." *New York Review of Books* (3 April 1975): 18. Review of *A Month of Sundays.*
Falke, Wayne. "America Strikes Out: Updike's ," *American Examiner,*

American Literature 67 (September 1995): 531-552.

Schlesinger, Arthur, Jr. "The Historical Mind and the Literary Imagination." *Atlantic* 233 (June 1974): 54-59. (Reprinted in *Dictionary of Literary Biography: Documentary Series: An Illustrated Chronicle.* Vol. 3. Ed. Mary Bruccolli. Detroit: Gale, 1983: 294-298.)

Schopen, Bernard A. "Faith, Morality, and the Novels of John Updike," *Twentieth-Century Literature* 24.4 (1978): 523-535.

Stubbs, John C. "The Search for Perfection in *Rabbit, Run*," *Critique*, 10:2 (1968): 94-101.

Strandberg, Victor. "John Updike and the Changing of the Gods," *Mosaic* 12 (1978): 157-175.

Suderman, Elmer F. "The Right Way and the Good Way in *Rabbit, Run*," *Critique* 10 (1968): 94-101.

Tate, M. Judith. "Of Rabbits and Centaurs." *Critic* 22 (February-March 1964): 44-47. "View from the Catacombs." *Time* (26 April 1968): 66-75. The cover-story review of *Couples* and his work as writer. Cover label reads, "The Adulterous Society, Author John Updike."

Trendel, Aristi. "La vision méaphysique de John Updike," *Foi et Vie [Faith and Life]*, April 2002,Volume CI No. 2: 1-17.

Waldmeir, Joseph. "It's the Going That's Important, Not the Getting There: Rabbit's Questing Non-Quest," *Modern Fiction Studies*, 20 (Spring 1974): 13-27.

Waller, Gary. "Updike's *Couples*: A Barthian Parable," *Research Studies*, 40 (1972): 10-21.

Ward, John A. "John Updike's Fiction," *Critique* 5 (Spring-Summer 1962), 27-41.

Wells, Walter. "John Updike's 'A&P': A Return Visit to Araby," *Studies in Short Fiction* 30.2 (Spring 1993): 127-135.

Wilson III, Raymond. "*Roger's Version*: Updike's Negative-Solid Model

Olster, Stacey. “Rabbit Is Redundant: Updike’s End of an American Epoch” in *Neo-Realism in Contemporary American Fiction*. Ed. Kristiaan Versluys. Postmodern Studies 5. Amsterdam: Rodopi, 1992. 111-129.

———. “*Rabbit* Rerun: Updike’s Replay of Popular Culture in *Rabbit at Rest*,” *Modern Fiction Studies* 37 (1991): 45-59.

———. “‘Unadorned Woman, Beauty’s Home Image’: Woman in *Rabbit, Run*.” New Essays on *Rabbit, Run*. Ed. Stanley Trachtenberg. New York: Cambridge University Press, 1993. 95-117.

Pasewark, Kyle. “The Troubles with Harry: Freedom, America, and God in John Updike’s *Rabbit* Novels.” *Religion and American Culture*: 6:1 (Winter 1996): 1-33.

“Perennial Promises Kept. “*Time* (18 October 1982): 72-81. The notation for the Updike cover-story reads, “Going Great at 50.”

Plagman, Linda M. “Eros and Agape: The Opposition in Updike’s *Couples*,” *Renascence*, 28 (1976): 83-93.

Podhoretz, Norman. “A Dissent on Updike” in *Doings and Undoings: The Fifties and After in American Writing* (New York: Farrar, Straus, 1964): 251-257.

Pritchett, V. S. “Updike,” *The New Yorker*, 9 November 1981: 201-206.

Prosser, Jay. “Under the Skin of John Updike: *Self-Consciousness* and the Racial Unconscious,” (PLMA) *Publication of the Modern Language Association,* 116.3 (2001): 579-593.

Rupp, Richard H. “John Updike’s Style in Search of a Center,” *Sewanee Review,* 75 (1967): 693-709.

Samuels, Charles Thomas. “The Art of Fiction XLIII: John Updike,” *Paris Review* 12 (Winter 1968): 85-117.

Schiff, James A. “The Short Fiction of John Updike,” *Boulevard Magazine*,17:3 (Spring 2002): 22-40.

———. “Updike Ignored: The Contemporary Independent Critic,”

Martin, John Stephen. "*Rabbit's* Faith: Grace and the Transformation of the Heart," *Pacific Coast Philology* 17:1-2 (November 1982): 103-111.

Matthews, John T. "The World as Scandal: Updike's *A Month of Sundays*," *Arizona Quarterly* 39:4 (1983): 351-380.

Mazurek, Raymond A. "'Bringing the Corners Forward': Ideology and Representation in Updike's *Rabbit* Trilogy" in *Politics and the Muse: Studies in the Politics of Recent American Literature*. Ed. Adam J. Sorkin. Bowling Green, OH: Bowling Green State University Popular Press, 1989. 142-160.

Miller, D. Quentin. "Updike's *Rabbit* Novels and the Tragedy of Parenthood" in *Family Matters in the British and American Novel*. Ed. Andrea O'Reilly Herrera, Elizabeth Mahn Nollen, and Sheila Reitzel Foor. Bowling Green, OH: Popular Press, 1997. 195-216.

Mizener, Arthur. "The American Hero as High-School Boy" in *The Sense of Life in the Modern Novel* (New York: Houghton Mifflin, 1964):247-260.

Moore, Jack B. "Africa Under Western Eyes: Updike's *The Coup* and Other Fantasies," *African Literature Today,* 14 (1984): 60-67.

Murphy, Richard W. "In Print: John Updike," *Horizon* 4 (March 1962): 82.

Myers, David. "The Questing Fear: Christian Allegory in John Updike's *The Centaur*," *Twentieth Century Literature,* 17 (1971): 73-82.

Novak, Michael. "Updike's Quest for Liturgy," *Commonweal* 78 (10 May 1963), 192-195.

Oates, Joyce Carol. "Updike's American Comedies," *Modern Fiction Studies* 21 (Fall 1975): 459-472.

O'Connor, William Van. "John Updike and William Styron: The Burden of Talent" in *Contemporary American Novelists* (Carbondale: Southern Illinois University Press, 1964).

Research, Inc., 1994.

Hallissy, Margaret. "Marriage, Morality and Maturity in Updike's *Marry Me*," *Renascence*, XXXVII: 2 (1985): 96-107.

Hamilton, Edith. "The Validation of Religious Faith," *Studies in Religion/Sciences Religieuses* 5 (1975-76): 280-285.

Hamilton, Alice. "Between Innocence and Experience: From Joyce to Updike," *Dalhousie Review* 49 (Spring 1969): 102-109.

Hamilton, Alice and Kenneth. "Theme and Technique in John Updike's *Midpoint*," *Mosaic* 4 (Fall 1970): 78-106.

Hardwick, Elizabeth. "Citizen Updike," *New York Review of Books*, 18 May 1989: 3, 4, 6, 8.

Harper, Howard M. *Desperate Faith: A Study of Bellow, Salinger, Mailer, Baldwin, and Updike*, [Chapel Hill, NC: University of North Carolina Press, 1967], 162-190.

Hicks, Granville. "Generations of the Fifties: Malamud, Gold, and Updike" in *The Creative Present*, ed. Norma Balakian and Charles Simmons (New York: Doubleday, 1963): 217-237.

———. "Mysteries of the Commonplace," *The Saturday Review of Literature* 45 (17 March 1962): 21.

Horvath, Brooke. "The Failure of Erotic Questing in John Updike's *Rabbit* Novels," *Denver Quarterly*, 23.2 (1988): 70-89.

Howard, Jane. "Can a Nice Novelist Finish First?" *Life* (4 November 1966): 74-82.

Lathrop, Kathleen. "*The Coup*: John Updike's Modernist Masterpiece," *Modern Fiction Studies*, 31:2 (1985): 249-262.

Leckie, Barbara. "'The Adulterous Society': John Updike's *Marry Me*," *Modern Fiction Studies* 37 (Spring 1991): 61-79.

La Course, Guerin. "The Innocence of John Updike," *Commonweal* 77 (8 February 1963), 512-514.

Lyons, Eugene. "John Updike: The Beginning and the End," *Critique* 14 (1982): 44-59.

Literature, 20 (1979): 204-220.

Doyle, Paul A. "Updike's Fiction: Motifs and Techniques," *Catholic World* 199 (September 1964), 356-362.

Duncan, Graham H. "The Thing Itself in Rabbit, Run," *English Record* 13 (April 1963), 36-37.

Edwards, Thomas R. "Updike's Rabbit Trilogy," *The Atlantic,* October 1981: 94-101.

Eiland, Howard. "Updike's Womanly Man," *Centennial Review* 26:4 (1982): 312-323.

Finklestein, Sidney. "Acceptance of Alienation: John Updike and James Purdy" in *Existentialism and Alienation in American Literature* (New York: International Publishers, 1965): 243-252.

Flower, Dean. "John Updike" in *American Writers Retrospective Supplement*. 339-358, The Gale Group. An essay taken from *The Scribner's Writers Series* (New York:Charles Scribner's Sons, 1998).

Galloway, David. "The Absurd Man as Saint: The Novels of John Updike," *Modern Fiction Studies* 11 (Summer 1964): 111-127.

Geismar, Maxwell. "The American Short Story Today," *Studies on the Left* 4 (Spring 1964): 21-27.

Gingher, Robert S. "Has John Updike Anything to Say?" *Modern Fiction Studies*, 20.1 (1974): 97-105.

Greiner, Donald J. "Body and Soul: John Updike and *The Scarlet Letter*," *Journal of Modern Literature* 15 (Spring 1989): 475-495.

———. "Contextualizing John Updike," *Contemporary Literature*, XLIII, No. 1(Spring 2002): 194-202. A review essay of Quentin Miller's *John Updike and the Cold War* and Marshall Boswell's *John Updike's Rabbit Tetralogy*.

———. "John Updike" in *American Novelists Since World War II*, ed. James R. Giles and Wanda H. Giles. Volume 143. 250-276. *Dictionary of Literary Biography*, Third Series. Detroit: Gale

Birkerts, Sven. "Roth, [Updike], Mailer, Bellow Running Out of Gas." *The New York Observer*, 13 October, 1997.

Brenner, Gerry. "*Rabbit Run*: John Updike's Criticism of the 'Return to Nature'," *Twentieth Century Literature* 12 (April 1966): 3-14.

Cameron, Dee Birch. "The Unitarian Wife and the One-Eyed Man: Updike's *Marry Me* and "Sunday Teasing," *Ball State University Forum*, 21:iii (1980): 54-64.

Campbell, Jeff H. "'Middling, Hidden, Troubled America': John Updike's Rabbit Tetralogy," *Journal of the American Studies Association of Texas*, 24 (1993): 26-45.

Carnes, Mark C. "Fictions and Fantasies of Early Twentieth-Century Manhood," *Reviews in American History* 24:3 (1996): 448-453.

Chukwu, Augustine. "The Dreamer as Leader: Ellellou in John Updike's *The Coup*," *Literary Half-Yearly*, 23:1 (1982): 61-69.

Cooper, Rand Richards. "Rabbit Loses the Race," *Commonweal*, 7 October 1990: 315-321.

Crews, Frederick. "Mr. Updike's Planet," *New York Review of Books* (4 December 1986): 7-14.

De Bellis, Jack. "The Group and John Updike," *Sewanee Review*, 72 (Summer 1964): 531-536.

Detweiler, Robert. "John Updike and the Indictment of Culture-Protestantism" in *Four Spiritual Crises in Mid-Century American Fiction* (Gainesville: University of Florida Press, 1964): 14-24.

———. "Updike's *A Month of Sundays* and the Language of the Unconscious," *Journal of the American Academy of Religion*, XLVII: 4 (1979): 609-625.

Disch, Thomas. "Rabbit's Run," *The Nation*, 3 December 1990: 690-694.

Doner, Dean. "Rabbit Angstrom's Unseen World," *New World Writing* 20 (1962), 58-75.

Doody, Terrence A. "Updike's Idea of Reification," *Contemporary*

Updike. Port Washington, NY: Kennikat, 1973.

Vaughan, Philip H. *John Updike's Images of America*. Reseda, CA: Mojave, 1981.

Wood, Ralph. *The Comedy of Redemption: Christian Faith and Comic Vision in Four American Novelists*. South Bend, IN: University of Notre Dame Press, 1988.

Yerkes, James, ed. *John Updike and Religion: The Sense of the Sacred and the Motions of Grace*. Grand Rapids, MI/Cambridge, UK: Wm. B. Eerdmans Publishing Company, 1999.

3．雑誌アップダイク特集号

Modern Fiction Studies 20 (Spring 1974). "John Updike Special Issue."

Modern Fiction Studies 37 (Spring 1991). "John Updike Special Issue."

Religion and American Culture: A Journal of Interpretation. Special Issue: Religion and Twentieth-Century American Novels 6: 1 (Winter 1996).

4．雑誌・紀要・記事

Aldridge, John W. "The Private Voice of John Updike" in *Time to Murder and Create: The Contemporary Novel in Crisis* (New York: David McKay, 1966).

Alley, Alvin D. "*The Centaur*: Transcendental Imagination and Metaphoric Death," *English Journal*, 56 (1967): 982-985.

Berryman, Charles. "Updike and Contemporary Witchcraft," *South Atlantic Quarterly*, 85:1 (1986): 1-9.

Pritchard, William. *Updike: America's Man of Letters.* South Royalton, VT: Steerforth Press, 2000.

Ristoff, Dilvo I. *John Updike's Rabbit at Rest: Appropriating History.* New York: P. Lang: 1998.

———. *Updike's America: The Presence of Contemporary American History in John Updike's Rabbit Trilogy.* New York: P. Lang, 1988.

Samuels, Charles Thomas. *John Updike.* Minneapolis: University of Minnesota Press, 1969.

Schiff, James A. *Updike's Version: Rewriting The Scarlet Letter.* Columbia: University of Missouri Press, 1992.

———. *John Updike Revisited* (Twayne United Authors Series)NY: Twayne Publishers, 1998.

Searles, George. *The Fiction of Philip Roth and John Updike.* Carbondale, IL: Southern Illinois University Press, 1985.

Smith, Kent D. Faith: *Reflections on Experience, Theology, and Fiction.* Lanham, MD: University Press of America, 1983.

Tallent, Elizabeth. *Married Men and Magic Tricks: John Updike's Erotic Heroes.* Berkeley: Creative Arts, 1982.

Tanner, Tony. *City of Words: American Fiction 1950-1970.* London: Jonathan Cape, 1971.

———. *Adultery in the Novel: Contract and Transgression.* Baltimore: Johns Hopkins University Press, 1979.

Taylor, Larry E. *Pastoral and Anti-Pastoral Patterns in John Updike's Fiction.* Preface by Harry E. Moore. Carbondale: Southern Illinois University Press, 1971. xiii, 159.

Thorburn, David and Howard Eiland, eds. *John Updike: A Collection of Critical Essays.* Englewood Cliffs, NJ: Prentice-Hall, 1979.

Trachtenberg, Stanley. *New Essays on Rabbit, Run.* Cambridge: Cambridge University Press, 1993.

Uphaus, Suzanne Henning. *John Updike.* NY: Frederick Ungar, 1980.

Vargo, Edward P. *Rainstorms and Fire: Ritual in the Novels of John*

Hamilton, Alice and Kenneth. *The Elements of John Updike.* Grand Rapids: William B. Eerdmans, 1970.

Harper, Howard M. *Desperate Faith: A Study of Bellow, Salinger, Mailer, Baldwin, and Updike.* Chapel Hill, NC: University of North Carolina Press, 1967.

Hunt, George, S. J. *John Updike and the Three Great Secret Things: Sex, Religion, and Art.* Grand Rapids, MI: William B. Eerdmans, 1980.

Kort, Wesley A. *Shriven Selves: Religious Problems in Recent American Fiction.* Philadelphia: Fortress Press, 1972.

Levin, Martin, ed. *Five Boyhoods.* Garden City, NY: Doubleday, 1962.

Luscher, Robert M. *John Updike: A Study of the Short Fiction.* Twayne Studies in Short Fiction, 43. New York: Twayne, 1993.

Macnaughton, William R. *Critical Essays on John Updike.* Boston: G. K. Hall, 1982 .

Markle, Joyce B. *Fighters and Lovers: Theme in the Novels of John Updike.* New York: New York University Press, 1973.

Miller, D. Quentin. *John Updike and the Cold War: Drawing the Iron Curtain.* Columbia, MO, and London: University of Missouri Press, 2001.

Morey, Ann-Janine. *Religion and Sexuality in American Literature.* Cambridge Studies in American Literature and Culture, 57. Cambridge: Cambridge University Press, 1992.

Neary, John. *Something and Nothingness: The Fiction of John Updike and John Fowles.* Carbondale. Southern Illinois U. P, 1992.

Newman, Judie. *John Updike.* New York: St. Martin's Press, 1988.

O'Connell, Mary. *Updike and the Patriarchal Dilemma: Masculinity in the Rabbit Novels.* Carbondale: Southern Illinois University Press, 1996. First commentary on the new Everyman's Library .

Plath, James, ed. *Conversations with John Updike.* Jackson: University of Mississippi Press, 1994.

Broer, Lawrence R., ed. *Rabbit Tales: Poetry and Politics in John Updike's Rabbit Novels.* Tuscaloosa, AL: University of Alabama Press, 1998.

Burchard, Rachael C. *John Updike: Yea Sayings.* Carbondale: Southern Illinois University Press, 1971.

Campbell, Jeff H. *Updike's Novels: Thorns Spell a Word.* Wichita Falls, TX: Midwestern State University Press, 1987.

De Bellis, Jack. *The John Updike Encyclopedia.* Westport, CN: Greenwood Press. 2000.

Detweiler, Robert. *Breaking the Fall: Religious Readings of Contemporary Fiction.* 2nd. ed. Louisville: Westminster John Knox, 1995.

———. *John Updike.* Revised ed. Boston: Twayne, 1984.

Falsey, Elizabeth. *The Art of Adding and the Art of Taking Away: Selections from John Updike's Manuscripts.* Cambridge, MA: Harvard College Library, 1987.

Gado, Frank, ed. *First Person: Conversations on Writers and Writing.* Schenectady, NY: Union College Press, 1973.

Galloway, David. *The Aburd Hero in American Fiction: Updike, Styron, Bellow, Salinger.* 2nd rev. ed. Austin, TX: University of Texas Press, 1981.

Greiner, Donald J. *Adultery in the American Novel: Updike, James, and Hawthorne.* Columbia: University of South Carolina Press, 1985.

———. *John Updike's Novels.* Athens: The Ohio University Press, 1984.

———. *The Other John Updike: Poems/ Short Stories/ Prose/Play.* Athens: The Ohio University Press, 1981.

Gullette, Margaret Morganroth. *Safe at Last in the Middle Years: The Invention of the Midlife Progress Novel: Saul Bellow, Margaret Drabble, Anne Tyler, and John Updike.* Berkeley: University of California Press, 1988.

Ⅱジョン・アップダイク関連文献

A 文献

1．選択書誌

De Bellis, Jack. *John Updike: A Bibliography, 1967-1993.* Foreword by John Updike. Westport, CN: Greenwood Press, 1994.

Gearhart, Elizabeth A. *John Updike: A Comprehensive Bibliography with Selected Annotations.* Darby PA: Norwood Editions, 1980.

Olivas, Michael A. *An Annotated Bibliography of John Updike Criticism, 1967-1973, and a Checklist of His Works.* New York: Garland, 1975.

Sokoloff, B. A. and David E. Arnason. *John Updike: A Comprehensive Bibliography.* Folcroft, PA: Folcroft Press, 1971.

Taylor, C. Clarke. *John Updike: A Bibliography.* [1949-1967] Kent, OH: Kent State University Press, 1968.

2．研究書

Baker, Nicholson. *U & I: A True Story.* New York: Random House, 1991.

Bloom, Harold, ed. *John Updike: Modern Critical Views.* New York: Chelsea House, 1987.

———. *John Updike: Bloom's Major Short Story Writers.* New York: Chelsea House, 2000.

Boswell, James. *John Updike's Rabbit Tetralogy: Mastered Irony in Motion.* Columbia, MO, and London: University of Missouri Press, 2001.

"The Witnesses" / "The Alligators" Part I [Time 41.40], Side 4 "The Alligators" Part II and "Separating" [Time 39:03].

"Trust Me." Read by Updike. Unabridged Stories. (3 Hours) Random House Audiobooks.

3．インタヴュー

"John Updike, with Claire Tomalin." The Roland Collection, Video # W33. 50min. Description: "Personal and Domestic themes; Updike as chronicler of the New World; Writing about Sex; Small-town life as the site of drama; God."

(2) Chicago: Perspective Films.1982.

(3) The American Short Story Collection. Monterey Home Video, 1986 . Two parts: John Updike's *The Music School* and Ambrose Bierce's *Parker Adderson, Philosopher.*

"Too Far to Go." Directed by Fielder Cook. MTV. 1979. Adapted for Television 12 March 1979.

"The Roommates." American Playhouse. Based on "The Christian Roommates" from The Music School (Knopf, 1968). Directed by Nell Cox.

"The Witches of Eastwick." Directed by George Miller. Warner Brothers. 1987.

"Pigeon Feathers." American Playhouse. Robert Geller, Executive Producer. 1988.

2．アップダイクによる朗読

"The Afterlife and Other Stories." Read by Updike. (3 Hours). Random House Audiobooks.

"Brazil." Read by Updike. (3 Hours). Random House Audiobooks.

"John Updike Reading from His Own Works." Selections: *The Centaur,* "Lifeguard", *Verse: Telephone Poles and Other Poems.*

"Golf Dreams." Read by Updike. (3 Hours) Nonfiction. Random House Audiobooks.

"John Updike: In His Own Words." Videocassette. Princeton: 1997.

"Rabbit at Rest." Read by Updike. (3 Hours) Random House Audiobooks.

"Selected Stories." Read by John Updike. (3 Hours) Random House Audiobooks. Recorded 1985. Cassette # 1: Side 1 "A & P" and "Pigeon Feathers" Part I [Time: 44:26], Side 2 "Pigeon Feathers" Part II [Time 43:26]. Cassette #2: Side 3 "The Family Meadow"/

Preston, Lusitania: An Epic Tragedy (Walker; $28). Subtitled "Two new books reexamine the disaster."

"Home Care," *The New Yorker,* 30 September 2002: 140-142. Review of Rohinton Mistry's *Family Matters* (Knopf). Subtitled "A family novel from Bombay.

"Red Loves Rex, Alas," *The New Yorker,* 11 November 2002: 190-192. Updike here reviews the new novel by Frederic Tuten, *The Green Hour* (Norton).

詩

"To Two of My Characters." *Poetry Magazine,* August 2000: 249.

"!Pura Vida!" *Poetry Magazine,* August 2000: 250.

"Boca Grande Sunset." *The American Scholar,* Autumn 2000: 78.

"Transparent Stratagems." *The American Scholar,* Autumn 2000: 76-77.

"Optical Hypertension." *The New Yorker,* 27 November 2000: 128.

"Rainbow." *The Atlantic Monthly,* November 2000: 91.

"Waco." *Oxford American*, Winter 2002, 42: 60.

"Big Bard." *The American Scholar*, Autumn 2001, Vol 70, No 4: 40.

"March Birthday and After," *The New Yorker,* 5 August 2002: 63-63.

B 映画・ビデオ・オーディオ

1. 映画・ビデオ化された作品

"A&P." 1996 production in the Harcourt Brace Original Film Series in Literature.

"Rabbit, Run." Directed by Jack Smight.

"The Music School."

(1) Deerfield, IL:Coronet/MTI Film & Video, 1976.

Subtitled "An ambitious new novel from a grifted writer."

"Murder in Miniature." *The New Yorker,* 3 September 2001:92-95. Updike reviews Orhan Pamuk's book *My Name Is Red* (trans. Erdag Goknar; Knopf) under the title "Murder in Miniature," with the subtitle "A sixteenth-century detective story explores the soul of Turkey."

"Young Iris," *The New Yorker,* 1 October 2001 issue, 106-110. Subtitled "A new biography focusses on the novelist's early questings," Updike provides an extended review of Peter J. Conradi's biography, *Iris Murdoch: A Life* (Norton).

"Hide-and-Seek," *The New Yorker,* 26 October 2001: 90-93, *The Complete Works of Isaac Babel*, edited by Nathalie Babel (Norton). Subtitled "The Complete Isaac Babel."

"Survivor/Believer." *The New Yorker,* 24-31 December 2001: 118-122. Essay review of Cezslaw Milosz's work, focusing on "To Begin Where I Am," edited and with an introduction by Bogdana Carpenter and Madeline G. Levine (Farrar, Straus & Giroux), "Milosz's ABC's"; and also "A Treatise on Poetry," translated by Milosz and Robert Hass. A full page portrait of Milosz is provided on page 119.

"No Brakes." *The New Yorker,* 4 February 2002: 77-80. Subtitled "A new biography of Sinclair Lewis." Review of Richard Lingeman's *Sinclair Lewis: Rebel from Main Street* (Random House)."

"Flesh on Flesh." *The New Yorker,* 4 March 2002: 80-82. Subtitled "A semi-Austenesque novel from Ian McEwan." Review of Ian McEwan's *Atonement* (Doubleday).

"Present Absences." *The New Yorker,* 1 April 2002: 94-95. Review of Michael Frayn's *Spies* (Holt), with the byline subtitle, "In a new novel, an Englishman returns to a childhood summer."

"Remember the Lusitania." *The New Yorker,* 1 July 2002: 88-91. Review of David Ramsay, *Lusitania: Saga and Myth* (Norton) and Diana

"Coming Home." *The New Yorker,* 22 May 2000: 92-94. Review of Stanley Crouch's *Don't the Moon Look Lonesome: A Novel in Blues and Swing* (Pantheon). Subtitled "A new novel about black and white in America."
"Dog's Tears." *The New Yorker,* 24 July 2000: 76-78. Review of Denis Johnson's *The Name of the World* (HarperCollins). Subtitled "Denis Johnson moves to academe."
"Love and Loss on Zycron." *The New Yorker,* 18 September 2000: 142-145. Review of Margaret Atwood's *The Blind Assasin* (Doubleday). Subtitled "A science-fiction tale within a love story within a family saga."
"Oz Is Us." *The New Yorker,* 25 September 2000: 84-88. Review of *The Annotated Wizard of Oz* (Norton), edited and annotated by Michael Patrick Hearn. Subtitled "Celebrating the Wizard's centennial."
"Both Rough and Tender." *The New Yorker,* 22 January 2001: 80-82. Review of Peter Carey's *True History of the Kelly Gang* (Knopf) Subtitled "The autobiography of an Australian folk hero."
"Stonewalling Toffs." *The New Yorker,* 12 February 2001: 98-99. Review of Muriel Spark's *Aiding and Abetting* (Doubleday). Subtitled "In a new novel, Muriel Spark examines an old scandal." A "toff" is British lingo for "a Dandy."
"Fairy Tales and Paradigms." *The New Yorker,* 19 & 26 February 2001: 216-222. Review of A. S. Byatt's two books, *On Histories and Stories: Selected Essays* (Harvard) and *The Biographer's Tale* (Knopf)--including comment on her 1992 "delicious novellas," The Conjugial Angel and Morpho Eugenia, published together in 1992 as *Angels and Insects*. Subtitled "In essays and a novel, A. S. Byatt explores the pleasures of historical fiction."
"Tote That Ephemera." *The New Yorker,* 7 May 2001: 87-89. A review of Colson Whitehead's novel *John Henry Days* (Doubleday).

"Early Inklings." *The New Yorker,* 23-30 April 2001: 173.
"'Therefore I Print'." *The New York Review of Books,* 17 May 2001: 9-10, 12.
"The Imaginary Builder." *The New York Review of Books,* 21 June 2001: 24, 26.
"Hawthorne Down on the Farm," *The New York Review of Books,* 8 August 2001: 48-49.
"Comment." (re World Trade Center terrorist attack). *The New Yorker,* 24 September 2001: 28-29. "The Talk of the Town" comment in the aftermath of the NYC attack.
"The Thing Itself," *The New York Review of Books,* 29 November 2001:10, 12.
"New *Kind* on the Block." *The New York Review of Books,* 14 February 2002: 25-28.
"Hyman Bloom." *Harvard Review,* Spring 2002, No. 2: 65.
"O Beautiful for Spacious Skies." *The New York Review of Books,* 15 August 2002: 26-28.
"(Fear of) Swimming". *Outside Magazine,* September 2002, Vol. 27, Issue 9: 76-78

書評

"Is Sex Necessary?" *The New Yorker,* 21 & 28 February 2000: 280-282, 285-286, 289-290. A review of David Allyn's *Make Love Not War: The Sexual Revolution, An Unfettered History* (Little, Brown). Subtitled "A history of the revolution."
"The Man in Bed." *The New Yorker,* 3 April 2000: 89-92. A review of William C. Carter's *Marcel Proust: A Life* (Yale). Subtitled, "A new biography of marvellous, semi-moribund Marcel."
"Dangerous into Beautiful." *The New Yorker,* 15May 2000: 91-92. Review of Michael Ondaatje's *Anil's Ghost* (Knopf). Subtitled "An expatriate novelist returns home."

116, 118-120.

評論

“A Layman's Scope.” *Natural History,* February 2000: 102.

“A Wistful Master.” *The New York Review of Books,* 13 April 2000: 18-20. A review of the Tilman Riemenschneider sculptures, on exhibit at the Metropolitan Museum of Art in New York February 10-May 14, 2000.

“Books Unbound, Life Unraveled.” *The New York Times,* Op-Ed Week in Review Section, 18 June 2000: 15.

“An Ode to Golf.” *The New Yorker,* 31 July 2000: 25.

“‘Nature Itself’.” *The New York Review of Books,* 10 August 2000: 8-10. An essay review of the Jean-Simeon Chardin exhibit at the Metropolitan Museum of Art in New York June 27-September 23, 2000.

“Maxwell's Touch.” *The New Yorker,* 14 August 2000:29 “The Talk of the Town”.

“‘Island Cities’: Commentary by the Author.” *The Literary Review,* Fall 2000: 185-191.

“The Tried and Tréowe.” *Forbes ASAP Magazine*, 2 October 2000: 201, 215.

“Dancing To His Own Tune.” *New York Review of Books,* 19 October 2000.

“Dürer and Christ.” *The New York Review of Books,* 2 November 2000: 17-18. Essay review of the Dürer's Passions exhibit at the Fogg Museum in Cambridge, September 3-December 9, 2000.

“Lear, Far and Near.” *The New York Review of Books,* 11 January 2001: 6, 8-9.

“Medieval Superheroes.” *The New York Times Book Review,* 28 January 2001: 27.

“Never to sleep, always to dream.” *Golf Digest*, March 2001: 124-126.

8．美術評論

Just Looking: Essays on Art (1989). New Edition December 2000, with a new Updike Foreword. Museum of Fine Art, Boston.

9．回想記

Self-Consciousness: Memoirs (1989)

10．2000年以降の短編・評論・書評・詩

短編

"Personal Archeology." *The New Yorker*, 29 May 2000: 124-127.

"Nelson and Annabelle (Part 1)." *The New Yorker*, 2 October 2000: 88-103.

"Nelson and Annabelle (Part 2)." *The New Yorker*, 9 October 2000: 62-81.

"Free." *The New Yorker*, 8 January 2001: 74-77.

"The Guardians." *The New Yorker*, 26 March 2001: 82-85.

"The Laughter of the Gods." *The New Yorker*, 11 February 2002: 76-81.

"Spanish Prelude to a Second Marriage." *Harper's Magazine*, October 2002: 71-75.

"Varieties of Religious Experience." *The Atlantic Monthly*, November 2002: 93-96, 98-100, 102-104. This story is currently (10-17-02) available online at http://www.theatlantic.com/issues/2002/11/updike.htm

"Sin: Early Impressions," *The New Yorker,* 9 December 2002: 110-113,

Collected Poems 1953-1993 (1993)
Americana and Other Poems (2001)

5．戯曲

Three Texts from Early Ipswich: A Pageant (1968) Ipswich, MA: 17th Century Day Committee.
Buchanan Dying (1974) New Edition August 2000, with a new Updike Foreword.

6．児童文学

The Magic Flute (1962)
The Ring (1964)
A Child's Calendar (1965)
Bottom's Dream (1969)
A Helpful Alphabet of Friendly Objects (1995)

7．エッセイ・文芸評論

Assorted Prose (1965)
Picked-Up Pieces (1975)
Hugging the Shore (1983)
Odd Jobs (1991)
Golf Dreams: Writings on Golf (1996)
More Matter (1999)
On Literary Biography (1999/2000)

２．短編集

The Same Door (1959)
Pigeon Feathers (1962)
The Music School (1966)
Museums and Women and Other Stories (1972)
Problems and Other Stories (1979)
Trust Me (1987)
The Afterlife (1994)
Licks of Love: Short Stories and a Sequel (2000)

３．短編連作

Olinger Stories (1964)
Bech: A Book (1970)
Too Far to Go: The Maples Stories (1979)
Bech Is Back (1982)
Bech at Bay (1998)
The Complete Henry Bech: Twenty Stories (2001)

４．詩集

The Carpentered Hen and Other Tame Creatures (1958)
Telephone Poles (1963)
Verse (1965)
Midpoint and Other Poems (1969)
Tossing and Turning (1977)
Facing Nature (1985)

書　誌

I 著作

A 作品（ジャンル別）

1．小説

The Poorhouse Fair (1959)
Rabbit, Run (1960)
The Centaur (1963)
Of the Farm (1965)
Couples (1968)
Rabbit Redux (1971)
A Month of Sundays (1975)
Marry Me: A Romance (1976)
The Coup (1978)
Rabbit Is Rich (1981)
The Witches of Eastwick (1984)
Roger's Version (1986)
S. (1988)
Rabbit at Rest (1990)
Memories of the Ford Administration (1992)
Brazil (1994)
Rabbit Angstrom: A Tetralogy (1995)
In the Beauty of the Lilies (1996)
Toward the End of Time (1997)
Gertrude and Claudius (2000)
Seek My Face (2002)

2002 バリ島爆破テロ。モスクワでチェチェン武装ゲリラ劇場占拠。
クローン人間誕生との情報。

2003 Shapiro: *Selected Poems.*

2003 米スペースシャトル・コロンビア爆発事故。
韓国地下鉄火災。
国連安全保障理事会はイラクのミサイル廃棄姿勢を不完全と評価。

2002　2月に短編 “The Laughter of the Gods” をニューヨーカー誌に発表したのを始めとして、多くの短編・記事・書評・序文などを精力的に書き、“Varieties of Religeous Experiences” をアトランティック・マンスリー誌11月号に掲載。11月に野心的な長編 *Seek My Face* を出版した。

2003　*Three Stories*（小説）特別装丁で出版。

2000 Russell Banks: *The Angel on the Roof.*	
2001 Irving: *The Fourth Hand.* De Lillo: *The Body Artist.*	2001 世界貿易センター、国防総省ビルにハイジャック機が激突。 実行犯と見られるイスラム原理主義組織アルカイダへの報復として米、アフガニスタンに空爆開始。

シャーレット・ハイマンのイラストによる A *Child's Calendar*が カルデコット賞シルバー名誉賞を受賞。*On Literary Biography* が3月後半に販売されるが、サウスキャロライナ大学出版局は1999年出版とする。500部印刷されたこの本は1998年11月13日に行われたサウスキャロライナ大学での講義テキストである。8月、*Buchanan Dying*（Knopf 1974）に新たに前書きを加え、Stackpole Books（ペンシルヴェニア州メカニクスブルグ）より出版。11月7日、*Licks of Love: Short Stories and a Sequel, "Rabbit Remembered"* 出版。12月15日、*Just Looking: Essays on Art* 第2版がボストン美術館より発売。アップダイク、カトリーナ・ケニソン共同編集による *The Best American Short Stories of the Century*のペーパーバック版が Houghton Mifflinから出版。パム・ヒューストンによる2000年度の短編 "The Best Girlfriend You Never Had" も所収。11月16日、メリーランド州マウントヴァーノンの中央図書館にて、4度目のエノック・プラット協会文学貢献賞受賞。

2001　3月中旬、*Licks of Love: Short Stories and a Sequel* の革表紙版サイン入り1650冊が出版されるが、著作権上の出版年度は2000年度。また11月27日、The Ballantine Books より、同書のペーパーバック版が出版。*Humor in Fiction* がLord John Press（Northridge, CA）より3月に出版されるが、これもまた2000年度出版の日付となっている。*HUMOR IN FICTION*の初版は100冊。特別装丁版26冊には著者のサイン入り。*The Complete Henry Bech* がKnopfより3月出版、正確に日付を記される。*Americana and Other Poems* が5月15日 Knopfより出版。*Gertrude and Claudius*のペーパーバックが7月3日、The Ballantine Books より出版。

1998	Morrison: *Paradise.* DeLillo: *Underworld.* Heller: *Now and Then.* McEwan: *Amsterdam.*		
1999	Rushdie: *The Ground Beneath Her Feet.*	1999	コソボ危機。NATOによるユーゴスラビア空爆。 クリントン大統領、弾劾裁判で無罪。
2000	Bellow: *Ravelstein.*	2000	南北朝鮮首脳会談。ブッシュ政権誕生。

ンを記念とするもの。

1998　ハーヴァード・アーツ・ファースト・メダル受賞。同メダルは5月2日、ハーヴァードで行われた第6回アーツ・ファーストにおいてアップダイクに授与された。ジャック・レモン（1947年度卒業生）、ピート・シーガー（1940年度卒業生）、ボニー・ライト（1972年度卒業生）に続き、4人目の受賞。9月後半から10月前半にかけて、妻マーサとともに中国へ旅行。*Bech at Bay: A Quasi-Novel* がKnopfより9月30日に出版。11月18日ニューヨークで、アメリカ文学への貢献により全米図書協会メダルを授与される。*A Century of Arts & Letters: The History of the National Institute of Arts & Letters as Told, Decade by Decade, by Eleven Members*の編集を担当、コロンビア大学より出版。

1999　*The Best American Short Stories of the Century*編集·序文担当。Houghton Mifflinより出版。共同編集者カトリーナ・ケニソン。アップダイク自身の作品“Gesturing”も80年代代表作品として所収されている。7月、*A Childs' Calendar*（詩集 1965）が *Holiday House*（New York）より再版、以前の詩にいくらか手を加えて、トリナ・シャーレット・ハイマンのイラストを付ける。9月、*More Matter: Essays and Criticism* をKnopfより出版。900ページ中、ほとんどがここ8年間に出版したエッセイ、批評、序文である。11月、スミソニアン協会視察で、妻マーサと中国へ2週間旅行。

2000　2月中旬 *Gertrude and Claudius*（小説）出版。体裁上はヴァレンタインデーに出版とされているが、実際はそれ以前に販売されていた。1999年に発売されたトリナ・

1992	Ashbery: *Hotel Lautréamont.*	1992	クリントン政権誕生。
1993	Roth: *Operation Shylock.*	1993	PL0アラファト議長とイスラエル・ラビン首相平和協定で合意。 トニ・モリスンにノーベル文学賞。
1994	Heller: *Closing Time.*	1994	ルワンダ国内紛争。チェチェン内乱にロシア軍事介入。
1995	M.Amis: *The Information.* Rushdie: *The Moor's Last Sigh.*	1995	ラビン首相暗殺。
1996	Gibson: *Idoru.*	1996	クリントン再選。
1997	Pynchon: *Mason and Dixon.* Roth: *American Pastoral.* Bellow: *The Actual.* McEwan: *Enduring Love.*	1997	香港、中国に返還。英ブレア首相就任。

1992 *Memories of the Ford Administration*（小説）出版。この年前半にブラジルへ旅行。6月、母校ハーヴァード大学341回目学位授与式において名誉文学博士号を授与される。

1993 *Collected Poems 1953-1993*（詩集）がKnopfより40冊目出版となる。6月にフロリダ・キーウエストへいき、2度目のコンキ・リパブリック 賞受賞。コモンウェルス賞受賞。

1994 *Brazil*（小説）、*The Afterlife and Other Short Stories*出版。

1995 *Rabbit Angstrom: A Tetralogy*（Everyman's Library Edition）、子供向け詩集*A Helpful Alphabet of Friendly Objects* 出版。長男ディヴィッド・アップダイクが写真担当。*Rabbit at Rest*でアメリカ芸術院から*Howells*メダル受賞。同賞は最も優れた作品に5年毎に贈られる賞である。フランス芸術文化勲章コマンドゥール階級名誉賞受賞。

1996 *In the Beauty of the Lilies*（小説）、*Golf Dreams: Writings on Golf*（記事とショートエッセイ）出版。*In the Beauty of the Lilies* でアンバサダー賞受賞。同賞は毎年4つの部門で、アメリカにおける文化と生活を描いた作品のなかから多大な貢献をしたものに贈られる。

1997 9月に*Toward the End of Time*（小説）出版。9月11日イエズス会雑誌*America*より、優れたキリスト教徒としてCampion賞受賞。この賞は1581年ロンドンで41歳でカソリック信仰のために殉教した聖エドマンド・カンピオ

1988 Rushdie: *The Satanic Verses.*	1988 INF（中距離核戦力）全廃条約締結。
1989 DeLillo: *Libra.* M.Amis: *London Fields.* Márquez: *The General in His Labyrinth.*	1989 東欧共産主義国圏崩壊。ベルリンの壁崩壊。天安門事件。
1990 Pynchon: *Vineland.*	1990 ソ連解体。ネルソン・マンデラ解放。英メージャー首相就任。
1991 M.Amis: *Time's Arrow.*	1991 湾岸戦争。

1988　*S.*（小説）出版、緋文字3部作の3作目。“Leaf Season”が*O. Henry Prize Stories 1988*に選ばれる。アメリカンプレーハウス劇場用に製作された“Pigeon Feathers”が2月17日に放映、監督シャロン・ミラー。ボブスト賞受賞。10月にワシントンDCのフォルガー・シェイクスピア図書館にて「マラマッド追悼朗読」を行う。国際ペンクラブ主催。Brandeis大学よりライフアチーヴメント賞受賞。

1989　*Just Looking: Essays on Art*（美術批評集）、*Self-Consciousness: Memoirs*（自伝）出版。アップダイクの母、ペンシルヴェニア州ブロウヴィルで死去。母の死後に故郷へ戻ったときのエピソードは*The Afterlife and Other Stories*（1994）中の“A Sandstone Farmhouse”でフィクション化されている。11月17日、ホワイトハウスにおいてブッシュ大統領からアメリカ芸術メダルを授与される。

1990　*Rabbit at Rest*（小説）出版。4度目、かつ最後のラビット（ハリー）・アングストローム・シリーズである。ロンドン・ウィークエンド・テレビジョンの The South Bank Showのスタッフとともにペンシルヴェニアを訪問し、子供時代や「ラビット」シリーズについて語る。

1991　*Odd Jobs*（エッセイと批評）出版。*Rabbit at Rest*で2度目のピュリッツアー賞。同賞を2度受賞したのはこれまでに3人のみ。3度目の全米批評家連盟賞受賞。“A Sandstone Farmhouse”が2度目の*the O. Henry Prize Stories* 最優秀賞受賞、*The Best American Short Stories 1991*に選ばれる。*Trust Me*でイタリアの スカノ賞受賞。

1983	Carver: *Cathedral.*	1983	フィリピンでアキノ議員暗殺。大韓航空機、ソ連軍機に撃墜。
1984	Todorov: *The Conquest of America.*	1984	アフリカ飢餓状態。インドでガンジー首相暗殺。SDI計画。
1985	Beattie: *Love Always.* Márquez: *Love in the Time of Cholera.*	1985	南ア経済制裁決定。英・アイルランド紛争解決へ合意。
		1986	米ソ包括軍縮交渉失敗。スペースシャトル爆発。 チェルノブイリ原子力発電所爆発事故。 フィリピン、マルコス大統領失脚。アキノ政権樹立。
1987	Morrison: *Beloved.*	1987	フィリピン反アキノクーデター失敗。ドル下落、エイズ広がる。

1983　*Hugging the Shore*（エッセイと批評集）出版。"Deaths of Distant Friends" が *The Best American Short Stories 1983* に、"The City" が *O. Henry Prize Stories 1983* に選ばれる。ユニオンリーグ・クラブよりリンカーンライブラリー賞受賞。5月にペンシルヴェニア州ハリスブルグを訪問、リチャード・ソーンバーロウ知事より優秀ペンシルヴェニア・アーティスト賞を受賞。

1984　*The Witches of Eastwick*（小説）出版。*The Best American Short Stories 1984* の編集、序文担当。PBSが"The Christian Roommates" を映像化、1月27日に放映（タイトル "The Roommate"）。アメリカ芸術協会名誉賞、*Hugging the Shore* で2度目の全米批評家連盟賞批評部門受賞。

1985　*Facing Nature*（詩集）出版。"The Other" が *O. Henry Prize Stories 1985* に選ばれる。地域へのリーダーシップ・貢献・功労（特に教育分野における）が認められ、Kutztown大学財団理事賞受賞。セレモニーの席で、アップダイクの母が卒業生功労記念額を受ける。

1986　*Roger's Version*（小説）出版、緋文字3部作の2作目。パリの "Vienna Show" に出席。この芸術展はグスタフ・クリムト、エゴン・シーレ、アドルフ・ヒットラーによる絵画が出品された。

1987　*Trust Me*（短編集）が出版され、*Elmer Holmes Bobst* 賞小説部門受賞。"The Afterlife" が *The Best American Short Stories 1987* に選ばれる。*The Witches of Eastwick* がハリウッドで映画化。監督ジョージ・ミラー。

1979	Calvino: *If on a Winter's Night a Traveler.*	1979	中越戦争。エジプト・イスラエル平和条約。スリーマイル島原子力発電所事故。英、サッチャー内閣成立。米中国交回復。
1980	Mason: *Shiloh.*	1980	韓国、光州事件。イラン・イラク戦争。マイアミで人種差別暴動。
1981	Rushdie: *Midnight's Children.*	1981	ポーランドで戒厳令、ワレサ軟禁。
1982	Levi: *If Not Now, When?* Márquez: *Chronicle of a Death Foretold.*	1982	フォークランド紛争。ロンドン、ニューヨークで国際反核デモ。

教育・労働小委員会の前で、芸術に対する政府の助成方針に異議を表明。

1979　*Too Far to Go: The Maples Stories*（メープル夫妻シリーズ短編集）出版。*Problems and Other Stories*（短編集）出版。NBCがToo *Far to Go* の2時間ドラマを製作。監督フィードルダー・クック。

1980　"Gesturing" が *Best American Short Stories 1980*に選ばれる。"The Music School" がPBSで製作、"The American Short Story" シリーズの一環として4月28日の週に放送される。

1981　*Rabbit Is Rich*（小説）出版。マックダウェルメダル文学部門受賞。"Still of Some Use" が *Best American Short Stories 1981*に選ばれる。　7月、ローズアイランド大学夏期作家会議に出席。アメリカ芸術協会の文学賞委員会会長職を辞職。BBC製作ドキュメンタリー "What Makes Rabbit Run?" のため、10月にスタッフとともにペンシルヴェニア州イプスウィッチやバークス郡を訪れる。

1982　*Bech Is Back*（a story cycle）出版。*Time* 10月18日号で2度目の特集が組まれる。タイトルは、"Going Great at 50"。　50歳の誕生日を記念して、Knopfがアップダイク最初の本 *The Carpentered Hen* の新版を出版。*Rabbit Is Rich*でピュリッツアー賞、全米図書賞、全米図書批評家連盟賞受賞。 5月にマサチューセッツ州 Beverly Farmsに移る。セント・ジョン監督派教会に入会。ペンシルヴェニア州レッディングのAlbright Collegeから名誉文学博士号を授与される。

1975	Barthelme: *The Dead Father.*	1975	南ヴェトナムで解放勢力軍サイゴンに入る。国連の国際婦人年会議。 ヴェトナムから完全撤収。
1976	Vidal: *1876, A Novel.*	1976	カーター大統領就任。アメリカ建国200年。ヴァイキング火星着陸。ソール・ベロウにノーベル文学賞。南北ヴェトナム統一。
1977	Morrison: *Song of Solomon.*	1977	在韓米軍撤退を決定。 SEATO解体。第1回国際女性会議。
1978	Irving: *The World According to Garp.*	1978	イラン革命。I.B.シンガーにノーベル文学賞。

ート151番地のアパートメントに移る。ボストン大学で教える—これが2度目の「不満足な仕事」であった。ジョン·チーヴァー、アーサー·ミラー、リチャード・ウィルバーとともにソ連大使アナトリー・ドブルイニンに公開状を送り、ソ連の作家アレクサンドル・ソルジェニツィンに対する嫌がらせを辞めるよう要請。ペンシルヴェニア州の Lafayette Collegeから名誉文学博士号を授与される。

1975　*A Month of Sundays*（小説）出版。緋文字3部作最初の作品。*Picked-Up Pieces*（エッセイと批評集）出版。"Nakedness" が *O. Henry Prize Stories 1975*に選ばれる。ロータスクラブ賞受賞。

1976　*Marry Me: A Romance*（小説 ）出版。*O. Henry Prize Stories 1976*で特別賞受賞。同書に "Separating" が所収。"The Man Who Loved Extinct Mammals" が*Best American Short Stories 1976*に選ばれる。アメリカ芸術協会下のアメリカ芸術院50人の1人に選出される。　4月29日、*Buchanan Dying* の短縮版がペンシルヴェニア州ランカスターで初演。アップダイク夫妻はマサチューセッツ州離婚法による、当事者双方が解消に責任のない離婚を成立させる。

1977　*Tossing and Turning*（詩集）と、序文を加えた*The Poorhouse Fair* の新版を出版。9月30日、マーサ・ラグルス　バーンハードと結婚。彼女の3人の息子と マサチューセッツ州ジョージタウン・ウェストメインストリート58番地に住む。マーサは5歳年下。

1978　*The Coup*（小説）出版。ボストンに招かれ下院議員の

1969 Oates: *Them.*	1969 アポロ11号月着陸、人類月に第一歩。
1970 Millet: *Sexual Politics.*	1970 日米安保条約自動延長。ウーマンリブ組織される。三島由紀夫自殺。
1971 Hawkes: *The Blood Oranges.*	
1972 Roth: *The Breast.*	1972 日本、学生の反体制運動激化、浅間山荘事件。ニクソン大統領訪中。
1973 Pynchon: *Gravity's Rainbow.*	1973 キッシンジャーにノーベル平和賞。ウォーターゲート事件糾弾。
1974 Snyder: *Turtle Island.*	1974 ニクソン辞任。イラン・イラク国境紛争。

1969　*Midpoint and Other Poems*（詩集）と *Bottom's Dream*（『真夏の夜の夢』を子供向けに脚色）出版。家族とともにロンドンより帰国。

1970　*Bech: A Book*（a story cycle）出版。"Bech Takes Potluck" が *O. Henry Prize Stories 1970* に選ばれる。*Rabbit, Run* 映画化。監督ジャック・スマイト。韓国で行われた第37回国際ペン大会に出席「小説におけるユーモア」と題して講演。帰路、日本に立寄り、大江健三郎と対談する。長女エリザベスを連れての旅行だった。一家はイプスウィッチのレイバーインヴェインロード50番地へ引越す。5月にグンター・シュラー音楽による *The Fisherman's Wife* の歌詞を手がける。

1971　*Rabbit Redux*（小説）出版。シグネットソサエティ・メダル芸術貢献賞を授与される。全米図書賞最終選考に残る。

1972　*Museums and Women and Other Stories*（短編集）出版。ペンシルヴェニア州プロウヴィルで4月16日、父死去。議会図書館のアメリカ文学名誉顧問職を3期にわたって指名される。ベネズエラ・アメリカ・センターのゲストとして、3月8-14日ベネズエラで講演。

1973　フルブライト・リンカーン講演者として、妻メアリーとともにガーナ、ナイジェリア、タンザニア、ケニヤ、エチオピアを廻り講演。

1974　*Buchanan Dying*（演劇）に長いあとがきを加えて出版。"Son" が *Best American Short Stories 1974* に選ばれる。9月に、妻メアリーと別居。ボストン・ビーコンストリ

1966	Malamud: *The Fixer.*	1966	ソ連ルナ 9 号月面軟着陸。中国文化大革命。
1967	Márquez: *One Hundred Years of Solitude.*	1967	ヴェトナム戦争激化、反戦運動強まる。黒人暴動激化。
1968	Gass: *In the Heart of the Heart of the Country.*	1968	キング牧師暗殺。大学の反戦反体制運動激化。北爆停止。

カ芸術アカデミーに選出される。ハーヴァード・ヒュートン図書館に原稿の委託を始める。

1966 *The Music School*（短編集）出版。短編 "Bulgarian Poetess," が *O. Henry Prize Stories* で最優秀賞受賞。*O. Henry Prize Stories 1966* に所収されるが、詩の1行が（p.46）逆に印刷される。初版で大きな印刷ミスとなる唯一のアップダイク関連書となる。これにより、3通りの初版本が存在する。(1) 逆になった詩が印刷されている　(2) それに貼り込みをしてある状態　(3) 訂正紙がはさみこまれる。

1967 "Marching through Boston" が *O. Henry Prize Stories 1967* に選ばれる。ロバート・ペン・ウォーレンにより起草された、ソヴィエトの作家たちにユダヤ文化団体を復興し擁護するためにペンの力を使うようにと要請する内容の手紙に署名する。ペンシルヴェニア州ベツレムの Moravian College より名誉文学博士号を授与される。

1968 *Couples*（小説）出版。初版7万部という空前のベストセラーとなり、1年間ベストセラーリストに名を連ねる。ハリウッドのウォルバー映画は映画化に50万ドル支払う。*TIME* 4月26日号で "The Adulterous Society" というタイトルで特集が組まれる。1年間家族とともにロンドンに住み、ペンシルヴェニア州出身の大統領 ジェイムズ・ブキャナンについて調査をする。"Your Lover Just Called" が *O. Henry Prize Stories 1968* に選ばれる。マサチューセッツ州イプスウィッチのセブンティーンスセンチュリー・ページェントで、*Three Texts from Early Ipswich* の脚本を担当。出演もする。

1962	Nabokov: *Pale Fire.* Solzhenitsyn: *One Day in the Life of Ivan Denisovich.*	1962	中印国境紛争。キューバ危機。米通信衛星Telstar、欧米間テレビ中継に成功。ヴェトナム戦争介入(-73)。
1963	Baldwin: *The Fire Next Time.*	1963	ケネディ大統領暗殺。人種差別撤廃雇用拡大要求のワシントン大行進。
1964	Bellow: *Herzog.*	1964	キング牧師ノーベル平和賞。公民権法成立。
1965	Kosinski: *The Painted Bird.* Calvino: *Cosmicomics.*	1965	米機北爆開始。マルコムX暗殺。 ワシントンでヴェトナム平和大行進。

1962 *Pigeon Feathers* と *The Magic Flute*（モーツァルトのオペラを子供向けに脚色）出版。“The Doctor's Wife” が *O. Henry Prize Stories 1962*に、“Pigeon Feathers” が *Best American Short Stories 1962*に選ばれる。マーティン・レヴィン編集、*Five Boyhoods*（Garden City, NY: Doubleday, 1962）の1章を担当。ハワード・リンゼー、ハリー・ゴールデン、ウォルト・ケリー、ウィリアム・K・ジンザー、そしてアップダイクによるエッセイを所収。夏、ハーヴァードの創作学科で教える。「不満足かつ散漫な仕事」としての大学の授業だった。*Rabbit, Run* ロンドンでDeutschより出版。Knopf版オリジナルに改訂·訂正を加えている。

1963 *Telephone Poles and Other Poems*（詩集）と *The Centaur*（小説）出版。*The Centaur*で全米図書賞受賞。市民デモ行進に参加して歩く。

1964 *Olinger Stories: A Selection*（短編集）、*The Ring*（ワーグナーのオペラを子供向けに脚色）出版。4月1日、アメリカ芸術協会のメンバーに選出される。最も若い（32歳）会員である。米露文化交換プログラムの一環である国務省文化交流使節の一員として、ロシア·ルーマニア・ブルガリア・チェコスロヴァキアを訪問。ペンシルヴェニア州カレッジヴィルの Ursinus Collegeから名誉文学博士号を初めて授与される。アップダイクの両親がこのカレッジで出会い、学士号を得ている。

1965 *Of the Farm*（小説）, *Assorted Prose*（エッセイと批評集）, *Verse*（*The Carpentered Hen* と *Telephone Poles*を含むペーパーバック版詩集）、*A Child's Calendar*（詩集）出版。*The Centaur*でフランス最優秀外国図書賞受賞。アメリ

1958	Pasternak: *Doctor Zhivago.* Capote: *Breakfast at Tiffany's.*	1958	アラスカ、49番目の州として承認。人工衛星explorer1打上げ。 アラブ連合共和国成立。アルジェリア民族解放戦線結成。 米民間航空にジェット機使用開始。
1959	Burroughs: The *Naked Lunch.* *Bellow: Henderson the Rain King.*	1959	キューバ革命。ハワイ50番目の州として承認。セントローレンス海路開通。
1960	Barth: *The Sot-Weed Factor.*	1960	米ソ冷戦激化。韓国に暴動、李承晩退陣。ラオス内戦。南ヴェトナム民族解放戦線結成。日本で日米安全保障条約反対の機運高まる。日米新安全保障条約締結。浅沼日本社会党委員長刺殺。
1961	Heller: *Catch-22.* Naipaul: *A House for Mr. Biswas.*	1961	米、対キューバ国交断絶。米ソ首脳会議。有人宇宙ロケット成功。 ラオス停戦。東独、東西ベルリン境界に壁構築。

づけられた家で *The Poorhouse Fair* を書き始める。

1958 *The Carpentered Hen and Other Tame Creatures*（詩集）を Harper and Brothers より初めて出版。唯一 Knopf 以外で出版された市販本である。Harper が *The Poorhouse Fair* の結末を変更するよう依頼したため、出版社を Knopf に変える。春に、イプスウィッチ26イーストストリートにある、羽目板を張った17世紀調の家に引越す。

1959 5月14日、次男 マイケル誕生。*The Poorhouse Fair*（小説）と *The Same Door*（短編集）出版。*The Carpentered Hen* が *Hoping for a Hoopoe* というタイトルでイギリスで出版される。グッゲンハイム奨励金により、長編 *Rabbit, Run* にとりかかる。"A Gift from the City" が *The Best American Short Stories 1959* に選ばれる。19世紀デンマークの実存主義者キルケゴールと20世紀スイス新正統派神学者カール・バルトに傾倒。

1960 次女ミランダ、12月15日誕生。*Rabbit, Run* 出版。猥褻で訴訟されるのを避けるためにKnopfが原文変更を申し入れ、これを承諾して出版、好評、一般読者界にもアップダイクの名が知られる。*The Poorhouse Fair* でアメリカ芸術協会ローゼンタール賞受賞。全米図書賞最終選考に残る。

1961 "Wife-Wooing" が *O. Henry Prize Stories 1961* に 選ばれる。イプスウィッチのサウスメインストリートの、コールドウェルビルディング内レストラン上にあるワンルームを借りることを決める。そこで週6日午前中仕事をする。

	1951 米、対日講和条約調印。
1951 Salinger: *The Catcher in the Rye.*	
1952 Beckett: *Waiting for Godot.*	1952 非米活動委員会活動、“忠誠”誓約の動き。
1953 Bellow: *The Adventures of Augie March.*	1953 朝鮮戦争終結。スターリン死去。
1954 Amis: *Lucky Jim.*	1954 最高裁、公立校での人種差別に違憲判決。東南アジア防衛条約。
1955 Nabokov: *Lolita.*	
1956 Osborne: *Look Back in Anger.*	1956 アラバマ大学に始めて黒人学生入学。ビート・ジェネレーションの胎動。
1957 Kerouac: *On the Road.*	1957 リトルロック高校黒人学生差別をめぐってNational guard派遣。公民権法、黒人の投票権を保護。120万人の成人黒人、投票権を申請。ソ連スプートニク成功。

文学専攻。雑誌*Harvard Lampoon*に文章とデッサンを書き始める。

1953　6月26日、ラドクリフ大学で美術を専攻した2歳年上のメアリー・E・ペニングトンと結婚。メアリーの父レスリー・T・ペニングトンはシカゴのハイドパークにあるユニタリアン派教会の牧師。雑誌*Harvard Lampoon*の編集長に選ばれる。母方の祖父ジョン、9月に死去。

1954　最高優等賞 *summa cum laude*を得てハーヴァード卒業。卒業論文は "Non Horatian Elements in Robert Heric's Imagination and Echoes of Horace"。詩と初めての短編 "Friends from Philadelphia" が*New Yorker*に採用される。この年の夏、Knox奨学金でオックスフォード・ラスキン校へ留学。絵画と美術を学ぶ。イギリスでE・B・ホワイト夫妻と出会い、*New Yorker*のスタッフライターの職を薦められる。軍隊の体格検査に不合格。

1955　4月1日長女エリザベス誕生。8月にイギリスより帰国。マンハッタンの西85リヴァーサイド・ドライブ沿いのアパートに引越し、*New Yorker*にスタッフライターとして就職。同誌の "The Talk of the Town" コーナーを担当。編集者 ホワイトに高い期待を寄せられる。

1957　1月19日長男 デイヴィッド誕生。詩・小説に専念するため3月に*New Yorker*を辞す。4月、家族とともにマサチューセッツ州イプスウィッチに引っ越す。夫妻のハネムーンの地であり、*Couples*の舞台であるターボックスのモデルとなった町でもある。長い間取り組んできた600ページの小説*Home*を完成するが出版しないことに決める。エセックスロード沿いにある "Little Violet" と名

文学関連事項		政治社会的事項	
1932	Huxley: *Brave New World.* Faulkner: *Light in August.*	1933	New Deal政策開始。アインシュタイン博士米国へ移住。米国西南部に砂嵐襲来。
1934	Fitzgerald: *Tender Is the Night.* Miller: *Tropic of Cancer.*		
1935	Glasgow: *Vein of Iron.*		
1936	Eliot: *Collected Poems.*	1936	スペイン内乱。
1937	Steinbeck: *Of Mice and Men.*		
1938	Sartre: *Nausea.*		
1939	Steinbeck: *The Grapes of Wrath.* Joyce: *Finnegans Wake.*	1939	第二次世界大戦。米国中立を宣言。
1940	Hemingway: *For Whom the Bell Tolls.* Greene: *The Power and the Glory.*	1940	米対日独伊宣戦布告
1942	Camus: *The Stranger.*		
1945	Orwell: *Animal Farm.* Borges: *Fictions.*	1945	広島・長崎に原爆投下。ヤルタ会談･ポツダム会談。第二次世界大戦終結。国際連合発足。
1946	Welty: *Delta Wedding*	1946	第1回国連総会。
1947	Williams: *A Streetcar Named Desire.*		
1948	Greene: *The Heart of the Matter.*	1948	ベルリン封鎖。イスラエル共和国、大韓民国、朝鮮民主主義人民共和国成立
1949	Orwell: *Nineteen Eighty-Four.* Beauvoir: *The Second Sex.*	1949	中華人民共和国成立。ソ連原爆実験。
1950	Inge: *Come Back, Little Sheba.*	1950	米、朝鮮戦争参戦。マッカーシーの赤狩り始まる。

年　譜

ジョン・アップダイク

1932　ジョン・ホイヤー・アップダイクは3月18日、ペンシルヴェニア州レッディング（作品にはブルーワーとして登場）でリンダ・グレイス・アップダイクとウェスリー・ラッセル・アップダイクの長男として出生。13歳までペンシルヴェニア州シリングトンのフィラデルフィア・アヴェニュー117番地に住む。子供時代は母方の祖父母（ジョン、キャサリン・ホイヤー）も同居。父方の祖父母は ヴァージニア、ハートリー・アップダイク。ハートリーは長老会派の牧師。

1936　シリングトン（作品にはオリンガーとして登場）のエレメンタリースクールに通い始め、1950年まで在籍。

1944　叔母からニューヨーカー誌をプレゼントされ、影響を受ける。

1945　ハロウィーンの日に両親・祖父母とともにペンシルヴェニア州プロウヴィル 近くのもともと母の実家の所有だった80エーカーの農場に引越す。シリングトンから11マイル離れているが、パブリックスクールには通いつづける。父もそこで中学生・高校生に数学を教えていた。6部屋ある、砂岩でできた農家はアップダイクの母親の生まれた場所でもある。

1950　シリングトン高校卒業。在校中、学校新聞 *The Chatter box*の編集長、生徒会長と卒業生総代をつとめる。それから3年間、夏の間は*Reading Eagle* で原稿運び係として働く。秋にハーヴァード大学に奨学金を得て入学。英

フランッエン、ジョナサン
Jonathan Franzen 166
プルースト Marcel Proust 3
ブルーワー 45, 47, 49, 72, 78, 80, 83, 89, 255
ブルック・ファーム 114
プロメテウス 4, 6, 11, 14
ペネロピー 27
ペルソナ 163, 167, 170
ペンシルヴェニア 4, 31, 101-102, 107, 255
ホイットマン、フォクシー Foxy Whitman 124
ホイヤー、ジョン.F.（祖父）John F. Hoyer 3, 102, 141, 255
——、キャサリン（祖母）
Katherine Kramer Hoyer 255
冒険／冒険者 27, 123, 138, 140-42
豊饒 81, 125, 126
ポーター、K. A. Katherine Anne Porter 134
牧師 28, 48-52, 85, 129, 140-41, 255
ホモセクシュアル 22
本質 17, 31, 76, 82, 88, 94, 101, 104, 118, 124-131, 139, 170

〈マ　行〉

マークル Joyce B. Markle 50, 85, 149, 177, 178, 181, 214
マッカーシー、メアリー Mary McCarthy 161
窓 43, 53, 58, 76, 88, 166
麻薬 76, 78, 82, 86-87, 91
未来小説 142, 143
見る 3, 37, 43, 52-54, 88-89, 94, 129, 144, 160, 166, 167
息子 7-10, 18-19, 25-28, 43, 89, 102-03, 111-15, 116, 119, 131-35
メイプル、リチャード Richard Maple 126

〈ヤ　行〉

ユートピア 143
予兆 34, 53, 91, 159

〈ラ　行〉

乱入 76
リックス Christopher Ricks 64, 92-93, 97, 178
流砂 77
ルシファー 138
レイプ 6, 10, 175
レダ 15-17
連環／連鎖 11, 15, 19
連作 2, 63-64, 99, 127, 142
老人 18, 144, 149-50, 152-57, 158, 161-62, 170
六〇年代 76, 77
ロビンソン、ジョーイ Joey Robinson 94, 103-11, 117-35, 172
——、ジョーン Joan (Robinson) 103, 118-19, 123, 126, 127, 132
——、ペギー Peggy Robinson 103, 117, 118, 120-22, 124-27, 132
——、メアリー Mary Robinson 105, 108, 112-20, 127, 131-35
ロレンス、D.H. David Harbert Lawrence 125

〈ワ　行〉

ワーズワス William Wordsworth 118
環、輪 89, 137, 164
罠 42, 50, 53, 59, 137

対立／対立者 34, 42, 43, 54, 74, 140-142, 162, 163
対照 3, 46, 55, 79, 90, 149
高み 34, 50, 60, 79, 83, 157, 166
脱出／脱走 22, 38, 44, 45-49, 53, 65, 66, 71, 87, 90, 112, 133
男性 11, 17, 20, 59, 76, 106
父 1, 3, 7-12, 21-32, 38, 67, 70-74, 80, 86, 89-90, 101-06, 111, 114-16, 120, 132, 140-41, 160-63
秩序 17, 43, 50, 88, 115, 140-41, 147
妻以外の女性 125-27
罪 11, 46-47, 52-54, 57, 70-71, 91-98, 131, 139, 172
ド・ベリス、ジャック Jack De Bellis 4, 175, 176, 177, 179, 211, 216
同時多発テロ 165
ドストエフスキー F. Dostoevski 100
トセロ、マーティ Marty Tothero 45, 85, 153

〈ナ　行〉

ニクソン（大統領）Richard M. Nixon 81
肉体 8, 10, 16, 24, 27, 59, 69, 74, 84, 88, 102, 120-125, 152, 172
二十世紀 26, 107, 142
『ニューヨーカー』 63, 166, 253
ニューヨーク 22, 30, 72, 105, 107, 133, 165, 167
『ニューヨークタイムズ』 183
人間 10, 15, 17, 24, 26, 27, 28, 60, 88-89, 108, 116-18, 125, 128, 131, 137, 139, 140, 157, 164-73
妊娠 34-35, 41-42, 55-56, 59, 119
猫 147-56, 172
ヌーベルバーグ 157, 163
農場 107-15, 116-20, 126-27, 131-35, 150-51
ノウルズ John Knowles 158

〈ハ　行〉

バース John Barth 158
バーチャード Rachel C. Burchard 128, 177, 180, 215
破壊 17-18, 38, 57, 75-76, 86-87, 98, 127, 142, 152, 166
白人 76, 80, 82, 84, 85, 90, 98
走る 3, 44-45, 77
パスカル Blaise Pascal (92), (98), 178
バスケットボール 25, 39-40, 50
場違い／置き違え 108, 126-27, 160
バディ Buddy 147, 153-55
ハネマ、ピエット Piet Hanema 124, 138, 172
母 1, 3, 6-12, 13-14, 19-20, 80-81, 101-08, 110-12, 113-15, 116-20, 127-28, 131-32, 133-35, 153
ハミルトン Alice and Kenneth Hamilton 126, 129, 180, 214
バルト、カール Karl Barth 129, 143
非行動/不行動 74-75, 76-80, 86, 97, 99
ピュリラ Philyra 5-6, 9, 14, 17, 59
表象／形象 1, 20, 31, 37-38
ファーンズワス・ジェローム Jerome Farnsworth 89
——、ヒューバート Hubert Farnsworth 89
フェルメール Jan Vermeer 22, 115
フォスナハト、オリー Ollie Fosnacht 89
——、ビリー Richard Fosnacht 89
——、ペギー（マーガレット）Margaret Fosnacht 90, 91, 94
不在 48, 142, 155
不思議の国 183
不条理 110
フック、ジョン.F . John F. Hook 141-43, 147-49, 152, 154-56, 159

現代　2, 7, 20, 26, 75, 82, 89-90, 97, 107-108, 113, 133-135, 142, 160
ケンタウロス　4-14, 60, 104, 159
コールドウェル、キャサリン Catherine Caldwell　3, 9-10, 27
——、ジョージ George Caldwell 3-4, 7-11, 21-30, 102-03, 111, 141
——、ピーター Peter Caldwell　3-13, 21-30, 34, 86, 103, 132, 141
枯渇　80, 82, 84, 97, 99, 145, 159
黒人　10, 29, 30, 69, 76, 80, 84-90
五〇年代　77
故障　22, 23, 25
子供　39, 40, 41, 51, 59, 81, 92, 103, 119, 144, 146, 149, 168
コナー Stephen Conner　141-42, 147-49, 151-52, 155-56, 159-63

〈サ　行〉

再婚　81, 94, 103
罪障意識　65, 92, 95-97
才能　28, 105, 119, 131, 156
サリンジャー J. D. Salinger　66
サル　139, 140, 157
サルトル J. P. Sartre　128-130
死　11-12, 15-16, 24, 29-32, 46-54, 57, 58, 68-70, 74-75, 81-82, 91-93, 115, 132, 146-50, 159, 167
時間　55, 103, 169
自己／自我　7, 26, 30, 35-37, 43, 53-54, 58-59, 64, 74, 75-78, 88, 104-06, 124-26, 128-138, 170
実験／実験的　4, 107, 157, 161
実存主義　129-131, 152
失敗　97, 132, 137, 153, 170
自伝／自伝的要素　1, 160-162
支配　10, 12, 21, 25, 90, 118-120, 170
慈悲殺（安楽死）　147-151
自由　9, 26, 44, 55, 60, 81, 88, 113, 117-18, 122-25, 128-32, 152
充足　3, 39-43, 45-49, 54-55, 74, 139
祝祭　157-160
ジョイス James Joyce　(3), 66, 78, 138, 159, 161
少年　1, 36, 44, 73, 103, 120, 153-55, 159-60, 162-63
処女　7, 20
女性　6, 12-14, 15, 20-21, 56, 68, 113-120, 126-127
ジョンソン（大統領） Lyndon B. Johnson　81
シリングトン Shillington　4, 255
ジル Jill Pendleton　68-69, 80-84, 85-91, 94, 167, 171
新聞　28, 71, 78, 110, 143
神話　4-10, 15, 27, 29-31, 113, 131, 133, 156, 160, 161
スキーター Skeeter 69, 76, 84-91, 98
スタインベック John Steinbeck 44, 107, 114-15, 150-51
スタヴロス、チャーリー Charlie Stavros　75, 80, 84, 95
性　19, 31-32, 81-82, 146
生　30, 45, 52-53, 75, 98, 108, 146
生殖　14, 17-20, 59
世界貿易センタービル　143, 165, 171, 230
責任　7-8, 29, 43, 45-54, 55-58, 65-66, 71, 87, 91-98, 128, 138
セクシュアリティ／セックス　10, 26, 34, 59, 70, 71, 91, 94
選択　97, 99, 112, 122-24, 137-38, 140-42, 152
相似形　31, 35, 83
創造　6-15, 28, 38, 142
祖父　1, 3, 11, 105-06, 110-11, 141, 159-63, 255
ソンタグ、スーザン Susan Sontag 166

〈タ　行〉

大地母神　113-15, 150-42

——、ネルソン
Nelson Angstrom　34, 43, 68, 81, 83, 84-94, 126
——、ハリー
Harry "Rabbit" Angstrom　2, 33-60, 65-100, 103, 115, 138, 141, 154, 167, 170-71
——、レベッカ・ジュン
Rebecca June Angstrom　45-46, 70, 96, 171
アンダスン、シャーウッド　112
イェイツ W. B. Yeats　15-20, 145
異界　22, 44
異形　6, 7, 10, 12, 14, 15, 20, 37
イクレス、ジャック（牧師）Jack Eccles　45, 48-52, 85
祈り　6, 81, 153, 168, 169
イプスウィッチ Ipswich　36, 253
ヴァーゴ Edward P. Vargo　96, 158, 178, 213
ヴェトナム　64, 72, 84, 248
ウォルドメア、J. J. Joseph J. Waldmeir　99, 179, 206
ウサギ　2-3, 34-42, 57-61, 63-67, 74-76, 87-92, 94-95, 100, 113
宇宙　15, 20, 53, 80, 96-97, 152
馬　3, 5, 8, 34, 113
ウルフ、ヴァージニア Virginia Woolf　(66), 178
ウルフ、トマス Thomas Wolfe　44
エクスタシー　60, 87, 115
エピグラフ　92, 97, 128-29, 144
縁石　43, 60
老い　19, 20, 101-08, 116, 150-53
大江健三郎　186, 245
贈物　29, 86
落ちる（堕ちる）　5, 36, 43-44, 91, 124, 130-31, 137, 139
オデッシウス　27
オリンガー Olinger　4, 9, 30, 105, 107-08, 111-12, 127, 131, 255
恩寵　28, 92

〈カ　行〉

カーン、デイヴィッド David Kern　149, 160, 172
回帰　37, 44-45, 72, 112
回復／修復　38, 39-42, 43, 49, 74, 94
鏡　3, 13, 68-69, 79, 98, 103-104
過去　40-45, 55, 65, 70, 74, 96, 98, 113-116, 134, 144, 156
家族　1, 76, 101, 110, 126, 132, 163
家庭　1, 8, 49, 55, 68, 76-84, 103, 133, 158, 160, 162
神　28-30, 33-35, 47-60, 65, 69, 84-90, 98, 100, 128, 142-43, 150, 153-57, 164, 165, 168, 170-73
仮面　161
癌　11, 24, 153
犠牲／いけにえ／生贄　3, 6, 24, 28-31, 55, 87, 104, 138, 171-173
キャザー、ウイラ Willa Cather 113-14
虚無　51, 142, 145-146
キリスト／イエス　29-31, 84-86, 89, 92, 142-45, 177
ギル、ブレンダン Brendan Gill　63, 177, 178
キルケゴール Søren Kierkegaard　100, 171
銀　13, 41, 168
苦痛　12, 13, 146, 150-55
グラスゴー、エレン Ellen Glasgow　114
車　21-29, 43-45, 53-55, 74, 83, 86, 90, 94, 108-09, 147, 149
芸術的服従　2, 30
ケネディ、大統領 John F. Kennedy　75, 81
ケロッグ、ダン Dan Kellogg　165, 167-70
現実　4, 9, 12, 21, 33, 35, 37, 38, 44-49, 53, 55, 58, 65-68, 70-71, 115, 143-144, 158, 166-167

索　　引

〈ア行〉

愛　9-10, 20, 82, 122, 172
悪　20, 76, 98, 130, 140, 150-54, 169
赤ん坊／胎児　42, 45, 46, 53-57, 65, 96, 138, 149, 154
アップダイク、ジョン John Updike
作品
『オリンガー・ストーリーズ』*Olinger Stories*　4
『カップルズ』*Couples*　4, 38, 82, 106, 122, 124, 138, 142
『ケンタウロス』*The Centaur*　1-32, 34
『自意識——回想記』*Self-Consciousness: Memoirs*　13
『農場』*Of the Farm*　1, 21, 94, 101-35, 153
『ベック氏の本』*Bech: A Book*　77-78, 106, 122, 124, 133
『老人ホームのフェスタ』*The Poorhouse Fair*　1, 2, 137-64
『帰ってきたウサギ』*Rabbit Redux* 2, 38, 45, 63-100, 103-06, 125, 138, 145, 167, 171
『走れウサギ』*Rabbit, Run* 1, 2, 3, 33-61, 63-68, 69-77, 85-88, 90-92, 103-04, 122, 125, 138, 141, 153-55, 171
「宗教的経験のさまざま」"Varieties of Religious Experience"　165-73
「水泳救助員」"Lifeguard"　82
「脱出」"Flight"　116, 131
「鳩の羽根」"Pigeon feathers"　160
「ミュージック・スクール」"The Music School"　76, 126
「コメント」"Comment"　166
家族
アップダイク、ヴァージニア（祖母）Virginia Updike　255
——、ウェスリー（父）Wesley Russel Updike 3, 4, 245, 255
——、エリザベス（長女）Elizabeth Updike　175, 245, 253
——、デイヴィッド（長男）David Updike　253
——、ハートリー（祖父）Hartley Updike　255
——、マーサ（妻）Martha Updike　243
——、マイケル（次男）Michael Updike　251
——、ミランダ（次女）Miranda Updike　251
——、メアリー（先妻）Mary Updike　4, 243, 245, 253
——、リンダ（母）Linda Grace Updike　3, 102, 237, 255
アメリカ　1, 2, 4, 7-11, 20-21, 26-27, 44, 45, 77, 82-87, 107, 112-15, 145, 158, 165
アルゴ船　27
アレルギー　9-12, 126, 133
アングストローム、アール Earl Angstrom　89, 141
——、ジャニス Janice Springer Angstrom　34, 39-49, 53, 60, 65-74, 80-81, 87, 93-96, 125, 126

著者紹介

鈴江　璋子（すずえ　あきこ）
京都大学大学院博士課程満期退学。
龍谷大学助教授を経て実践女子大学教授
主な著書
『アメリカ女性文学論』（単著）研究社, 1995.
『アメリカ女流作家群像』（共著）駸々堂, 1980.
『アメリカ文学の自己形成』（共著）山口書店, 1981.
『アメリカ文学を読む30回』（共著）太陽社, 1981.
『ギャスケルの文学——ヴィクトリア朝文学を多面的に照射する』（共著）英宝社, 2001.
『ギャスケル文学にみる愛の諸相』（共著）北星堂, 2002.
訳書
『シルヴィアの恋人たち』大阪教育図書, 2003.
『新アメリカ文学史』（共訳）学書房, 1988.
『アメリカ文学作家作品事典』（共訳）本の友社, 1991.
『エデンの東』（共訳）大阪教育図書, 1999.

ジョン・アップダイク研究
—初期作品を中心に—　〔検印廃止〕

2003年3月24日　初版発行

著　者　　鈴　江　璋　子
発行者　　安　居　洋　一
組　版　　エ　デ　ィ　マ　ン
印刷所　　平　河　工　業　社
製本所　　株式会社難波製本

〒160-0002　東京都新宿区坂町26
発行所　開文社出版株式会社
電話（03）3358-6288番・振替00160-0-52864

ISBN4-87571-970-1 C3098